MW00981983

112895

Les éditions de la courte échelle inc.

Chrystine Brouillet

Née en 1958 à Québec, Chrystine Brouillet publie un premier roman policier en 1982, pour lequel elle reçoit le prix Robert-Cliche. L'année suivante, un deuxième livre paraît. Par la suite, elle écrit des textes pour Radio-Canada, des nouvelles pour des revues et fait de la critique de littérature policière pour la revue *Justice*.

En 1987, elle publie un autre roman policier qui met en vedette un détective féminin, suivi, en 1988, d'un récit avec le même personnage, chez Denoël-Lacombe. Et elle travaille présentement à une saga historique francoquébécoise dont le premier tome, *Marie LaFlamme*, vient de paraître.

En 1985, elle reçoit le prix Alvine-Bélisle qui couronne le meilleur livre jeunesse de l'année pour *Le complot*, publié à la courte échelle. *Une plage trop chaude* est son septième roman à la courte échelle.

De la même auteure, à la courte échelle

Collection Roman Jeunesse

Collection Roman+

Chrystine Brouillet

Une plage trop chaude

la courte échelle

Les éditions de la courte échelle inc.

Les éditions de la courte échelle inc.
5243, boul. Saint-Laurent
Montréal (Québec) H2T 1S4

Illustration de la couverture:
Stéphane Jorisch

Conception graphique:
Derome design inc.

Révision des textes:
Jean-Pierre Leroux

Dépôt légal, 2e trimestre 1991
Bibliothèque nationale du Québec

Données de catalogage avant publication (Canada)

Brouillet, Chrystine

    Une plage trop chaude

    (Roman+; R+16)

    ISBN 2-89021-148-7

    I. Titre.   II. Collection.

PS8553.R68P52 1991   jC843'.54   C90-096506-1
PS9553.R68P52 1991
PZ23.B76Pe 1991

)

Chapitre 1

B comme Bikini

Un triomphe! Nous étions géniaux! Même les parents des élèves riaient! Même la directrice! Il faut dire que nous répétions nos sketches depuis le début du mois d'octobre et que Jeff a des idées super drôles. Laurence aussi! Nous avons fait des parodies des chansons des Fêtes et nous avons bien sûr imité nos professeurs.

Mes parents nous ont félicités, surtout ma mère, qui aimerait peut-être mieux que je décide de devenir comédienne plutôt que détective privée. Je ferai probablement les deux métiers; les acteurs n'ont pas toujours du travail au début de leur carrière. Mener des enquêtes me permettrait de gagner ma vie entre deux rôles. Maman me répétait que j'étais excellente sur scène quand papa a dit qu'il espérait que je serais aussi bonne lors des examens.

Moi aussi, bien sûr.

Surtout en français! Je devais absolument obtenir un B pour pouvoir partir en vacances à Miami avec mon cousin Pierre: c'était la condition.

Heureusement pour moi, M. Turcotte est plutôt clément et j'ai eu mon B! Un beau B, tout gonflé de plaisir. B comme Bikini, B comme *Beach*, B comme Beau gars, B comme Bronzer, B comme *Banana split,* B comme Baiser... Qui sait qui je rencontrerais sur la plage de Miami? Je n'ai jamais été aussi énervée que ce 20 décembre où j'attendais le coup de téléphone de mon cousin.

Il fallait qu'il ait lui aussi de bons résultats pour qu'on quitte Montréal. J'ai failli partir avec mon frère, mais heureusement, il est amoureux et a préféré faire du ski (de chalet!) avec sa dulcinée. Ouf! Je ne sais pas quelles vacances j'aurais passées avec mon aîné.

Dring... Dring... Je me suis ruée sur le téléphone!

— Nat? C'est moi. C'est O.K.! Mon père a l'air d'avoir oublié que je lui avais emprunté son auto au mois d'octobre!

Ouf! Oncle Martin avait enfin passé l'éponge! J'étais soulagée, car tout était de ma faute. C'est moi qui avais proposé qu'on engage le groupe musical Les Dominos dans lequel joue Pierre pour le party de l'Halloween de l'école.

— Les Dominos? Jamais entendu parler, a bougonné Bruno.

— Sors un peu, ai-je répondu. Ou fais mieux qu'eux!

— Tu parles d'un nom! Ils sont noir et blanc comme les biscuits Oreo?

— Que tu es drôle! Justement, le clarinettiste et le batteur sont Noirs tandis que le saxophoniste et le bassiste sont Blancs. C'est un super groupe. Ils viennent de commencer, mais ils sont très bons! Et je connais bien Pierre, le saxophoniste!

Tout se serait passé à merveille si la voiture de Paul (le bassiste) n'était pas tombée en panne. Pour transporter le matériel, les caisses, les synthétiseurs, les instruments, Pierre a bien été obligé d'emprunter la voiture de son père...

Oncle Martin étant absent, Pierre n'a pas pu lui demander la permission. Il a été sévèrement puni. Moi aussi. Et on a dû faire de gros efforts pour obtenir les notes qui nous vaudraient le pardon de nos parents... Et le voyage à Miami.

Ça y était! Malgré les répétitions de musique et de théâtre, on avait réussi! Youpi!

J'étais tellement excitée la veille du départ que je n'ai pas pu dormir!

Et je n'avais pas l'intention de le faire dans l'avion! C'était mon premier vol! Pierre aussi! Il était déjà allé en Floride, mais en autobus: ça avait pris trois jours et il n'avait pas envie de recommencer! Il y avait au moins cinq personnes qui avaient vomi durant le trajet! Comme nous sommes les filleuls de grand-papa et de grand-maman, ils nous ont offert le billet d'avion. Ils sont hyper gentils.

À Dorval, mes parents étaient presque aussi énervés que moi. Ils m'ont fait des milliers de recommandations. Pierre était plus chanceux, son père n'avait pu l'accompagner et sa mère était en clinique. Enfin, je dis chanceux... ça ne doit pas être drôle d'avoir une mère dépressive. Mais elle ne peut pas l'ennuyer avec des centaines de conseils, puisqu'elle n'est pas là.

L'idéal, ce serait entre mes parents et les siens; des parents qui seraient là, mais pas trop. Enfin, rien n'est parfait! Et j'ai écouté papa et maman patiemment, car je savais que je ne les verrais pas durant dix jours. Je devinais d'avance toutes leurs mises en garde. Être prudents à la plage, ne pas accepter de suivre des inconnus (pour ça, j'avais déjà eu ma leçon*), refuser toute boisson de la part d'un étranger. Ou toute autre chose.

Autrement dit: de la drogue. Ils savent pourtant que ça ne m'intéresse pas, j'ai bien trop de trucs à m'acheter pour dépenser mon argent en fumée!

Ceux qui veulent en prendre, c'est leur problème. Moi, j'aurais plutôt choisi une super jupe de cuir violet. Mais il aurait fallu que j'économise jusqu'au mois de juin pour pouvoir la payer. Alors, j'ai préféré emporter toutes mes économies à Fort Lauderdale en me disant que je trouverais bien quelque chose d'original à m'acheter. Que personne n'aurait à l'école! Même pas Marie-Chantale de Beaumont.

J'adore les aéroports! J'adore les annonces pour l'embarquement, la pesée des valises, la présentation du passeport — même si j'ai l'air d'une idiote sur la photo. Les cris joyeux des gens qui se retrouvent, le bruit des 747 qui décollent.

Je devais sembler bizarre, car je souriais

---

* Voir *Un jeu dangereux,* chez le même éditeur.

en permanence! Pierre aussi; il a même proposé de jouer un petit blues de départ! Papa a dit aussitôt qu'on ferait mieux de se présenter à l'embarquement. Et qu'il se demandait où Pierre mettrait son instrument de musique.

— Tu aurais dû le mettre dans la soute.

— Jamais, a déclaré Pierre d'un ton farouche. Jamais je ne m'en séparerai!

— Comme tu veux! Bon, c'est le moment de se dire au revoir! Passez de bonnes vacances, les enfants! Pierre, je compte sur toi pour veiller sur notre fille!

Papa souriait, mais son ton était solennel. Maman a demandé d'une petite voix qu'on lui écrive. Puis elle s'est reprise:

— Non, téléphone-nous dès que tu seras arrivée! Promis?

— Promis! ai-je dit en l'embrassant très fort.

Papa m'a passé la main dans les cheveux, puis je me suis dirigée vers la porte des contrôles sans me retourner.

Mon coeur battait. L'aventure m'attendait!

Chapitre 2

Octave

En effet, il y avait moins de deux heures que nous étions partis lorsqu'on nous annonça que nous ferions une escale à Atlanta. On nous répéta qu'il n'y avait aucune raison de nous affoler, un autre avion avait tout simplement des problèmes. Nous arriverions juste un peu plus tard à Miami, après un changement d'avion. Et patati! et patata!

— Tu y crois? ai-je demandé à Pierre.

Il a haussé les épaules:

— Il y a toujours des retards avec les avions. Ne t'inquiète pas. Il faudra appeler grand-papa à Atlanta pour lui demander de venir nous chercher plus tard à l'aéroport.

— Tu as raison.

Il avait raison, mais on n'a pas pu téléphoner. On a couru comme des fous pour attraper l'autre avion. Et quand je dis courir, ce n'est pas une image: on galopait! Malgré tout, on a manqué notre avion. À cause de moi. J'étais si excitée que j'ai oublié mon sac dans le premier avion. On est retournés le chercher: l'hôtesse nous avait dit qu'on avait le temps.

Mais j'ai dû mal comprendre, elle parlait si vite! Et en anglais! J'avais envie de pleurer. Je ne voulais pas rester à Atlanta! Nos vacances n'étaient même pas commencées et elles étaient déjà gâchées!

C'est alors qu'Octave est arrivé. À Montréal, dans la salle d'embarquement, il avait discuté avec Pierre, car il avait remarqué son saxophone: il aimait aussi la musique et jouait du piano. Mais nous étions assis trop loin de lui dans l'avion pour continuer la conversation. Et dans l'affolement qui a suivi la perte de mon sac, on n'avait absolument pas pensé à le saluer ou à échanger nos adresses en Floride où il allait comme nous.

Comment avait-il pu, lui aussi, rater son avion? Il avait oublié son billet d'avion dans l'avion! Dans la pochette qui se trouve devant nous, derrière chaque siège. Il l'avait glissé dans la revue qu'il lisait et, comme il avait fini de la lire, il ne l'avait pas reprise, jusqu'à ce qu'il réalise qu'il y avait laissé son billet!

— Tu vois que je ne suis pas la seule à être distraite! ai-je dit à mon cousin.

— On est trois à avoir l'air fous ici au lieu de deux! Qu'est-ce qu'on va faire?

— Prendre un autre avion, c'est tout, a répondu Octave.

— La préposée aux billets ne comprend pas un mot de français!

Octave a éclaté de rire:

— C'est assez normal, on est aux États-Unis, à Atlanta. On parle l'américain, ici...

— Tu te trouves peut-être drôle? ai-je rétorqué. Pas moi!

Octave a aussitôt cessé de rire:

— C'était une blague. Je vais expliquer notre situation à l'employée.

— Bonne chance, ai-je dit d'un ton narquois.

Je n'aurais pas dû ironiser: Octave parle parfaitement l'anglais. En moins de cinq minutes, nous avions trois billets pour Fort Lauderdale. Départ trente minutes plus tard. J'aurais embrassé Octave! Même s'il n'était pas mon genre! Je me suis contentée de le remercier dix fois. Il a rougi dix fois. Pourtant, il ne me semblait pas timide. On a rediscuté de musique en attendant l'annonce du départ.

Octave nous a offert une consommation, mais j'avais trop peur que nous rations aussi le deuxième avion pour m'éloigner de la salle d'embarquement! Il a insisté en disant qu'une bière nous désaltérerait, mais j'ai tenu bon. Tout en me demandant comment il pouvait penser que j'avais dix-huit ans. J'étais flattée, mais je suis certaine qu'on ne m'aurait pas permis d'entrer dans le bar. Aussi bien éviter une humiliation...

On a redécollé. J'adore le décollage, et j'étais à côté du hublot. On nous a distribué une collation. On avait le choix entre des arachides et amandes grillées et des biscuits salés, avec du Coke ou du Seven-Up, mais il n'y a pas eu de film.

C'est aussi bien: entre Montréal et Atlanta, on a vu une espèce de drame sentimental pénible. Une pauvre idiote était amoureuse d'un salaud qui s'intéressait plutôt à une grande blonde évaporée qui, elle, ne se rendait pas compte qu'elle attirait le salaud. Rien de bien passionnant; à la place de l'idiote, j'aurais laissé tomber.

Il faut faire tout ce qu'on peut pour plaire à celui qu'on aime, mais si ça ne marche pas, ça ne sert à rien de s'accrocher.

Comme Laurence avec Olivier. Elle était

vraiment toquée. Elle prétend que j'étais plus toquée qu'elle avec Jean-Philippe Bilodeau*.

Mais ce n'était pas du tout la même chose: Jean-Philippe m'aimait au fond de lui-même, seulement il l'ignorait et devait le découvrir. Enfin, la blonde évaporée était teinte et ça paraissait: on ne peut pas avoir des cheveux aussi clairs.

Sauf en Floride...

Hourra! Dès que nous avons récupéré nos bagages et franchi les portes de l'aéroport, j'ai vu des dizaines de beaux gars blonds bronzés. Bon, des dizaines de filles aussi, ce que j'aimais moins, mais Pierre, lui, était assez content. Octave a dit qu'il préférait les brunes. Je ne sais pas si c'était pour être gentil, mais ça m'a fait plaisir, même si je ne l'ai pas montré. Car j'avais plus que jamais l'impression d'être la réplique exacte d'un cachet d'aspirine: ronde et blanche!

Nos grands-parents étaient soulagés que nous soyons enfin arrivés. Quand Pierre leur a dit que c'était grâce à Octave que tout s'était arrangé, ma grand-mère l'a em-

* Voir *Un jeu dangereux,* chez le même éditeur.

brassé devant tout le monde. Je pense qu'il en était un peu gêné...

— On sera heureux de remercier tes parents, a dit grand-père.

Octave a haussé les épaules:

— Mais je n'ai rien fait. Je parle bien l'anglais, c'est tout. Et je vais prendre un taxi pour rejoindre mon père.

Il m'a semblé que son père aurait pu se déplacer, et j'étais contente que grand-papa propose de le reconduire. Octave lui a indiqué le chemin. On a ainsi appris qu'il venait en Floride chaque année à Noël et à Pâques.

Et qu'il logeait au *Hollywood Beach Hotel!*

Genre le plus chic de la plage... Je me suis demandé durant une minute s'il ne mentait pas pour nous impressionner. Puis je me suis souvenue qu'il avait parlé d'un ton négligent du prix qu'il avait payé son matériel électro-acoustique. De même, j'ai évalué rapidement sa veste de cuir marron hyper souple et je me suis dit que son père devait être très riche. Et sa mère? Il n'en avait pas parlé. J'apprendrais plus tard qu'elle vivait en France.

On l'a laissé dans le hall d'entrée après que mon grand-père eut bien vu qu'Octave résidait réellement au *Hollywood Beach Hotel.* On s'est juré de se revoir le lendemain matin et nous sommes partis vers Hallendale.

Il y avait des palmiers royaux de chaque côté du boulevard Hollywood! C'était fantastique: on aurait dit une haie d'honneur, car le vent les faisait s'incliner doucement au-dessus de la voiture. Enfin, très au-dessus, car ces palmiers sont très hauts.

Mais l'effet était majestueux et la démarche des petites aigrettes, qui s'avançaient nonchalamment entre deux voies, s'accordait tout à fait avec l'ensemble. J'ai trouvé ces échassiers bien imprudents de circuler ainsi dans les rues alors qu'ils peuvent s'envoler.

Mes grands-parents habitent sur une petite île, *Paradise Isle...* Dès que nous avons passé la porte de leur appartement, j'ai vu un gros pélican plonger dans le canal, devant des arbres du voyageur.

Ces palmiers sont incroyables; ils s'ouvrent en un bel éventail jaune et vert forêt, et chaque tige contient un quart de litre d'eau. C'est pourquoi on les appelle ainsi: un voyageur en détresse pourrait boire la sève des tiges! Plus simplement, grand-maman nous a offert de la limonade.

Ouf! Ça faisait du bien! Car malgré la climatisation de la voiture, nous avions eu très chaud. Nous avons pris une bonne douche, raconté les dernières nouvelles de la famille et téléphoné à nos parents pour les rassurer. Puis grand-papa nous a proposé de faire un tour à la plage avant le repas. Grand-maman a suggéré qu'on fasse des hamburgers. Super!

Ce qui est bien avec eux, c'est qu'ils n'insistent pas pour nous faire manger des choses bonnes pour la santé. On peut se bourrer de chips si on veut, ils n'en font pas toute une histoire comme maman. Je me suis promis de ne pas exagérer, car je n'ai pas envie de rentrer à Montréal avec trop de boutons. La vie, c'est mal arrangé: pourquoi est-ce que ce n'est pas le céleri bouilli qui donne de l'acné et qui fait grossir? Ça ne me punirait pas de m'en passer...

Chapitre 3

Dan

Tant pis! Pour ma première journée à Hallendale, j'ai accepté sans hésiter le cornet de frites que grand-papa nous a offert *on Johnson Street* après avoir acheté son journal. Il va chercher *La Presse* tous les jours comme bien des Québécois. Je savais que je ne serais pas la seule à parler français et ça me rassurait un peu. Mais dans les boutiques du bord de la plage, je n'entendais que notre accent!

J'aurais pu dire qui venait de Québec ou du Saguenay! Deux filles du Lac-Saint-Jean achetaient des serviettes de bain. J'ai failli me laisser tenter! Il y avait un magasin de souvenirs comme dans toutes les villes, avec des tas de quétaineries: des flamants roses en plastique, des Mickey Mouse gonflables, des ballons, des sandales en caoutchouc, de la crème à bronzer, des lunettes de soleil de toutes les couleurs, mais aussi de beaux coquillages.

Ça m'a fait penser que j'avais promis à Laurence de lui en rapporter, car elle les collectionne. Mais je me suis dit que je n'allais tout de même pas en acheter: je n'avais qu'à en ramasser sur la grève! Je m'y mettrais dès le lendemain. Il y avait aussi des jumelles qui me faisaient envie, mais grand-papa a dit qu'il me prêterait les siennes.

— Tu t'intéresses toujours aux oiseaux? C'est bien, Natasha! Tu sais que nous avons un superbe perroquet vert qui passe régulièrement au-dessus du condo! Les jumelles sont dans l'auto, si tu veux aller les chercher. Dans le coffre à gants, tiens, voilà la clé.

Ce qui est bien avec mon grand-père, c'est qu'il me traite comme une adulte.

J'ai trouvé les jumelles dans le coffre à gants. Après avoir bien vérifié les serrures, j'ai rejoint mon cousin et mes grands-parents sur la plage. Même s'ils étaient allés très loin, je les aurais retrouvés sans difficulté grâce aux jumelles! Elles étaient super puissantes! Je voyais parfaitement les mouettes et les goélands.

Et un super hyper extraordinaire beau gars! Une chance que les jumelles étaient accrochées à mon cou, car j'ai failli les échapper de saisissement! Et quand grand-papa m'a bousculée pour m'empêcher de mettre le pied sur une méduse, je l'ai regardé d'un air étonné.

— Eh! Fais attention, ma chouette! La piqûre de la méduse brûle terriblement!

— Elle est pourtant magnifique, a dit Pierre. D'un bleu brillant fantastique! On dirait une extra-terrestre! Passe-moi ton appareil photo, Nat! Ça te débarrassera un peu!

C'est vrai que j'étais un peu encombrée. Et même si j'avais envie de photographier le beau gars, nous étions trop éloignés; je n'aurais vu qu'un point doré (ses cheveux, une auréole) sur la photo. Je me reprendrais plus tard!

Pierre avait l'air ravi de voir la méduse. Et la plage, et les filles (j'ai pensé qu'il ne tarderait pas à m'emprunter aussi les jumelles), et le soleil écarlate et la mer turquoise. Tout, quoi! On riait de rien, on riait d'être bien, et nos grands-parents s'amusaient autant que nous de notre joie.

Je courais derrière mon cousin pour lui lancer du sable quand on a entendu un grand cri.

Le cri affolé d'une femme, puis d'un

homme, puis d'un tas de gens.

J'ai pensé à un requin. Mais ce n'était pas ça, heureusement. Quoique... C'était un garçon d'une douzaine d'années qui était en train de se noyer! Tout le monde hurlait, mais personne n'allait lui porter secours. Comme s'ils étaient tous paralysés!

Pierre s'est approché en courant, mais un grand type l'avait devancé et nageait maintenant avec force vers l'adolescent qui, lui, ne criait plus du tout au secours. Pendant ce temps, la foule sur la plage grossissait, s'agglutinait comme si c'était un joli spectacle!

Le type a réussi à lui attraper un bras, puis il l'a soulevé par les épaules et lui a enfin maintenu la tête hors de l'eau. Évidemment, c'est à ce moment qu'une vague a décidé de les repousser vers le large, et tout le monde a hurlé de nouveau! Les gardiens de la plage, qui s'étaient jetés à l'eau à la suite du grand type, ont été entraînés à leur tour au loin. Et pendant un instant, on a perdu de vue la tête noire du sauveteur et celle de la victime.

Puis, soudain, une autre vague, et voilà qu'ils revenaient vers nous! Le Noir avait un style! Il devait être champion de natation, avançant comme s'il était à peine embarrassé de tirer un corps inanimé! Quand il s'est redressé en portant l'adolescent, il a dit: «Vite, il respire encore!»

Pierre s'est précipité pour faire le bouche-à-bouche. Je ne savais pas que mon cousin avait des notions de secourisme, mais j'étais très fière de lui! Le Noir l'a relayé un moment, puis l'adolescent a remué faiblement. Les gens ont crié bravo, bravo, et j'avais la gorge serrée. Grand-maman n'arrêtait pas de répéter:

— Si ça vous arrivait! Je ne me le pardonnerais pas!

— Mais non, on est plus vieux! Et on sait nager! Et on n'ira pas trop loin!

— Ni quand la mer sera trop agitée! Tu me le promets?

Je l'ai embrassée sur la joue pour toute réponse. Pierre revenait vers nous avec un grand sourire; ce serait son meilleur souvenir de la journée, même si prendre l'avion est plus agréable que faire le bouche-à-bouche.

Grand-papa a toussoté pour dire que Pierre aurait mieux aimé une jolie blonde. Mon cousin nous a fait un clin d'oeil en souriant, puis il nous a présenté le sauveteur, Dan, qui souriait, lui aussi. Et qui avait l'air triste en même temps. Je me suis demandé pourquoi, mais je ne pouvais pas lui en parler, je ne le connaissais pas. Pourtant, j'aurais été super contente et super fière de moi à sa place!

Il a parlé un peu avec mes grands-parents. Il parlait bien français, car sa mère est haïtienne. Mais il avait un petit accent américain délicieux.

J'adore les accents, c'est irrésistiblement exotique. J'espère que je produis le même effet quand je baragouine l'anglais. Mais j'en doute. Dan a dit que Pierre avait un bon esprit d'entraide, puis il s'est retourné pour voir ce qui arrivait à son quasi-noyé. Les surveillants de plage s'en occupaient.

— Ses parents sont peut-être dans les boutiques? Ou ils n'habitent pas loin et ne savent pas ce qui est arrivé? Parce que s'ils étaient sur la plage, ils seraient venus vous remercier en courant, a dit grand-maman. En tout cas, c'est ce que j'aurais fait!

— Mais pour l'instant, il n'y a personne...

— On peut attendre encore un peu, mais ensuite, on pourrait raccompagner ce garçon chez lui? a proposé grand-papa. Il n'est pas bien vieux pour être tout seul.

— Non. Il n'est pas vieux. À peine douze ans, a dit Dan d'un ton sinistre. C'est vraiment triste...

— Enfin, vous l'avez sauvé! C'est l'important, a dit grand-papa.

— De la noyade, oui. Mais pour le reste... Voyez-vous, rien ne serait peut-être arrivé s'il n'avait pas pris de crack.

— Du crack? ai-je dit.

— Oui. J'espère que ça ne vous intéresse pas, a fait Dan.

J'ai secoué la tête avec conviction.

— Moi, j'aurais plutôt faim! a dit Pierre. Toutes ces émotions creusent. Et toi, Dan?

Notre nouvel ami a souri, ça n'avait pas l'air de le déranger que Pierre le tutoie, même s'il devait avoir au moins trente-cinq ans.

— Viens manger avec nous! ai-je dit. O.K.? Grand-maman fait les meilleurs hamburgers du monde entier!

— Natasha, voyons! On n'est pas obligés de manger des hamburgers! Je préférerais qu'on mange des crevettes grillées. C'est meilleur! On a juste à arrêter à la poissonnerie. Tiens, le garçon se relève! Il a l'air mieux!

Dan a apprécié qu'on l'invite, mais il

nous a dit de ne pas l'attendre et il s'est dirigé vers l'adolescent. Qui ne l'a pas reconnu. Et quand Dan lui a tapoté l'épaule, l'autre s'est rebiffé! Il a même grimacé! Mais quand il s'est éloigné, Dan l'a suivi!

Drôle de façon de remercier son sauveteur! Il aurait pu lui cracher à la figure, tant qu'à faire! J'étais écoeurée. Pierre aussi! Est-ce qu'on pouvait encore être raciste au point d'aimer mieux crever que d'être sauvé par un Noir? J'avais envie de pleurer et de courir vers Dan pour lui dire d'oublier ce gars-là. Je me suis approchée et j'ai croisé le regard de Dan.

Un regard inquiet. Pas blessé, pas insulté. Non, angoissé. Comment un adolescent pouvait-il l'effrayer? L'instant suivant, Dan me souriait et je me suis demandé si je n'avais pas rêvé. Il nous a fait au revoir de la main. On l'a imité. Puis on est rentrés à la maison en se disant qu'on aurait peut-être dû insister davantage pour qu'il mange avec nous.

Plus tard, Pierre m'a dit qu'il trouvait Dan mystérieux.

J'étais absolument d'accord. Et le mystère, ça me connaît!

Chapitre 4

Plage et coquillages

Le matin, il y avait les meilleurs pamplemousses que j'ai jamais goûtés de toute mon existence, sucrés, juteux, frais! Un délice! Grand-papa a proposé de nous emmener faire le tour de la ville et voir une autre plage, plus loin, qui est moins achalandée que la Johnson. Pierre et moi n'avions pas besoin de nous regarder pour savoir qu'on préférerait les plages où il y avait plus de monde. Du beau monde. Mais on a accepté pour faire plaisir à grand-papa.

En se rendant à la plage, on est passés devant un canal très large où des gens louaient des hydromotos. Les Américains appelaient ça des *seadoo*.

— Hé! On peut s'arrêter pour voir? a demandé Pierre qui avait visiblement envie d'essayer ces bolides de mer.

— Pourquoi pas?

On s'est garés pas très loin et on a marché vers une sorte de port. On entendait les vrombissements des hydromotos et ça sentait un peu l'essence, mais personne d'autre que moi ne semblait le remarquer. Je ne sais pas si les émanations de gaz et le bruit pouvaient nuire aux mangliers qui bordaient le canal.

Les mangliers sont des arbres aux racines gigantesques bien apparentes qu'on voit souvent près de l'eau. Ils ne sont pas rouges, comme l'indique leur nom anglais *red mangrove,* mais verts: c'est peut-être un daltonien qui les a baptisés?

D'ailleurs, Pierre est daltonien, il distingue mal les couleurs, surtout le vert, le brun, et le rouge, justement. Pour lui, les épinettes sont jaune serin! Et ma jupe de velours émeraude lui semble grise! Parfois, il porte des couleurs bizarres... Ça m'amuse beaucoup quand je le vois mettre des chaussettes dépareillées.

Quand il a rendez-vous avec une fille, il me demande souvent s'il ne s'est pas trompé dans son choix vestimentaire. En Floride, ce n'était pas nécessaire, car il était toujours habillé de blanc ou de bleu.

Comme Octave, qui surgissait devant nous au volant d'une hydromoto! Eh bien!

Il y en a qui ne s'ennuient pas! Il nous a fait un grand signe de la main après avoir rendu l'appareil au préposé à la location et s'est dirigé vers nous.

— Vous venez en faire?

— C'est-à-dire que... a commencé mon cousin, embarrassé.

— On allait à *Lloyd's Park,* j'ai envie de me baigner! ai-je dit en m'apercevant de la gêne de Pierre.

— Ce n'est pas dangereux, tu sais, a fait Octave en désignant son bolide.

— Ouais! a dit Pierre d'un ton dégagé. Je connais, j'en ai déjà fait.

Il mentait. Mais ça m'était déjà arrivé, à moi aussi, d'arranger un peu la vérité. En fait, c'était une demi-vérité, puisqu'il essaierait sûrement l'hydromoto durant notre séjour. Il anticipait, voilà tout.

J'ai fait un grand sourire à Octave, comme pour approuver mon cousin, puis j'ai pris le bras de grand-papa pour retourner vers l'auto en adoptant une démarche super indépendante. Ça m'énervait un peu la manière dont Octave étalait son argent. Enfin, l'argent de son père. Après l'hôtel et l'hydromoto, ce serait l'hélicoptère, peut-être?

— Hé! Ne partez pas si vite! On pourrait aller voir les parachutes de mer! Ils sont tirés par des yachts et montent à trente mètres dans les airs!

— C'est intéressant si on est dans les airs. Pas de regarder les autres s'amuser! ai-je fait. Bon, je vais me baigner! Tu viens, grand-papa? Pierre?

Octave m'a regardée, avec une drôle d'expression, puis il s'est adressé à Pierre:

— Tu peux venir me rejoindre à l'hôtel après avoir mangé? J'ai retrouvé deux copains hier soir. On pourrait s'amuser ensemble...

— O.K., a dit mon cousin. Je serai là vers treize heures.

Même s'il n'y avait pas le beau gars que j'avais vu la veille sur l'autre plage, je dois admettre que la plage de *Lloyd's Park* est fantastique! Elle est plus propre, plus vaste, plus sauvage que l'autre.

Grand-papa m'a expliqué qu'on l'avait réaménagée l'année précédente; on avait abattu des arbres et soufflé du sable sur des dizaines de mètres. Évidemment, les coquillages étaient enfouis très profondément et les nouveaux de l'année ne présentaient pas beaucoup d'intérêt. Tant pis, j'en chercherais à la Johnson. On ne peut pas tout avoir en même temps!

La mer était de la couleur exacte de mon maillot de bain et de ma mèche, et j'avais l'impression de me fondre dans l'immensité du monde quand je plongeais dans l'écume. Quel bonheur! J'aime presque autant nager qu'être amoureuse. Et, question déception, c'est moins dangereux! Sauf si on se noie, bien sûr...

Entre deux brasses, Pierre et moi avons reparlé de l'incident de la veille. On espérait bien revoir Dan; c'est super d'avoir un copain plus vieux. Et comme nos grands-parents l'avaient apprécié, ils nous laisseraient peut-être sortir plus tard le soir avec lui. On aime grand-maman et grand-papa, mais on aime aussi sortir sans eux. Il fallait trouver un moyen de le faire sans les inquiéter.

On s'est douchés en sortant de l'eau, car la mer laisse sur la peau une pellicule poisseuse de sel, puis on est rentrés à la maison pour manger. Youpi! Grand-maman avait préparé des sandwiches au poulet et des frites. J'adore ma grand-mère!

Grand-papa nous a ensuite laissés en face de l'hôtel Hollywood en nous demandant de lui téléphoner quand nous voudrions revenir.

Je dois admettre que j'étais légèrement impressionnée. Toute cette architecture rose pâle prenait, sous les rayons du soleil, une teinte vermeille très douce, et les auvents d'un rose plus soutenu étaient autant de petites touches pimpantes. L'intérieur était assez chic, merci! Et on sentait Octave très fier de nous faire visiter sa chambre. Impeccable, puisque la femme de chambre avait tout rangé... Tellement bien rangé qu'on aurait dit que personne n'y avait dormi.

— Ton père n'est pas là? n'ai-je pu m'empêcher de demander.

— Il est parti à la pêche pour deux jours. La pêche à l'espadon. Au large.

— Tu n'avais pas envie d'y aller avec lui?

— Pourquoi? Il y a tout ce qu'il faut pour s'amuser ici! On va à la plage? Mes amis nous attendent.

Son ami John ne parlait pas un mot de français... Mais Antonio s'exprimait très bien, avec un accent espagnol chantant. Les gars se sont mis aussitôt à parler musique. Je suis certaine que Pierre ne comprenait pas tout, mais il semblait très enthousiaste. Moi, je m'ennuyais un peu et je me suis baignée, et fait bronzer et enduite de crème et rebaignée et rebronzée, puis j'ai cherché des coquillages.

Je n'étais pas la seule à avoir eu cette idée... On ne se battait pas pour les coquillages communs ou les olives. Mais si j'avais repéré un oeil de requin de l'Atlantique, je ne l'aurais laissé à personne; c'est le fameux coquillage enroulé comme un escargot, d'un beau rose nacré brillant! Ceux en forme d'étoile, les astrées à longues épines, sont aussi très recherchés.

Évidemment, quand on en trouve, ils ne sont pas parfaits! On s'excite quand on voit dépasser les pointes pour constater que la moitié d'entre elles sont cassées. C'est rageant!... Mais la chasse aux coquillages ne réserve pas que des déceptions; une excellente surprise m'attendait.

Le beau gars s'y intéressait aussi! Il avait un sac rempli de coquillages. Parfois, des gens s'arrêtaient pour faire des échanges. Je suis passée lentement devant lui. Il m'a fait un sourire.

Un petit sourire, mais c'était un début! S'il avait pu enlever ses lunettes noires! J'étais certaine qu'il avait des yeux aussi envoûtants que la mer! Et il devait avoir au moins vingt ans! Quand je raconterais ça à Laurence!

Inutile de dire que j'ai passé le reste de l'après-midi à arpenter la plage dans l'espoir de trouver un coquillage exceptionnel, un pleuroplocéa de Floride par exemple, qui mesure soixante centimètres, ou l'extraordinaire strombe géant tout tarabiscoté et du même rose que les volets de l'hôtel Hollywood. Mais il y avait trop de monde.

Malgré la densité de la foule, j'ai reconnu les deux filles du Lac-Saint-Jean et un voyageur qui était dans le même avion que nous. Je ne pouvais pas ne pas le remarquer: il portait des couleurs si phosphorescentes qu'il aurait pu traverser les boulevards échangeurs de Miami sans se faire frapper par une automobile! On le voyait à des kilomètres à la ronde! Il avait un appareil photographique rouge en bandoulière. Avec sa chemise d'un rose flamboyant, c'était écœurant!

Habituellement, je parle facilement aux gens qui font de la photo, puisque je m'y intéresse; pour mon futur métier de détective, c'est important. Mais là... je n'ai pas eu trop envie! Flash-Fluo devait être le genre

de gars qui photographie les filles en bikini.
J'ai préféré rejoindre mon cousin et ses
amis.

Chapitre 5

John m'énerve!

Pierre ne m'a même pas vue arriver, car il n'avait d'yeux que pour une grande brune aux cheveux si longs qu'elle aurait pu s'asseoir dessus. Elle me regardait avec une drôle d'expression quand je me suis approchée de mon cousin, mais elle m'a fait un grand sourire quand il m'a présentée:

— Ma petite cousine Natasha. Nat, voici Maia, la soeur d'Antonio.

— Salut!

— Tu as ramassé des coquillages? As-tu trouvé ce que tu voulais? m'a-t-elle demandé avec un sourire étrange.

Avait-elle deviné que le beau gars me troublait? C'était impossible! Mais je voulais en avoir le coeur net. Si elle aussi se pâmait pour lui, je n'avais plus qu'à faire mes bagages et rentrer au Québec: elle avait des jambes à la Marlène Dietrich! C'est une vieille actrice, mais il paraît que ses jambes ont toujours été parfaites.

— Non, il n'y avait pas grand-chose. Mais j'ai vu des gens qui en échangeaient. Ça se fait souvent, j'imagine?

— Oui.

— Le gars blond en maillot noir avait l'air d'en avoir des gros.

— Jeremy? Ah!...

Octave l'a interrompue:

— Si on allait jouer au billard électrique?

— Ben... je ne sais pas trop.

— Oui, oui, a dit Pierre en souriant à Maia.

Bon, j'avais compris! Je serais obligée de me farcir quelques parties pour faire plaisir à mon cousin. J'espérais aussi que je pourrais apprendre quelque chose de Maia. Elle savait peut-être si le beau gars avait une blonde...

Rien. Je n'ai rien pu savoir. Quand j'ai parlé de lui, John a dévisagé Maia. Elle m'a dit qu'elle le connaissait seulement de vue.

Puis John a fait un clin d'oeil à Antonio qui a eu un sourire contraint. John a dit:

— *Jeremy, it's my problem... He'll soon understand.*

Ou quelque chose comme ça. Je n'étais pas certaine d'avoir bien compris les mots,

mais le ton, le regard étaient sans équi-
voque. John n'aimait pas Jeremy. Et moi,
je n'aimais pas John. Il avait des gestes
brusques et il était très nerveux. Il s'excitait
sur le billard électrique comme si c'était la
fin du monde de perdre.

Pourtant, ce n'était pas lui qui payait les
parties, c'était Octave. S'il voulait m'épater,
il avait raté son coup. Moi, le billard électrique... Finalement, John a donné un coup
de poing sur la machine, puis il s'est dirigé
vers un gars qui venait d'arriver.

— Il aurait pu nous dire au revoir, ai-je
marmonné.

— Tu sais ce que c'est, les artistes... a
commencé Antonio.

— Non, je ne sais pas. Pierre joue du
saxe et il est quand même parlable! Il joue
de quoi, lui, John?

— Euh!... Du piano. Comme moi, a dit
Octave.

Il avait hésité à répondre, j'aurais pu le
jurer! Mais qu'est-ce que c'étaient toutes
ces cachotteries?

— Tiens, j'ai une idée! Pierre pourrait
apporter son saxe ce soir sur la plage et on
danserait! O.K., Pierre?

— Oh oui! a fait Maia en battant des

mains.

Inutile d'ajouter que Pierre a accepté en rougissant.

Il était si nerveux quand on est rentrés que je me suis demandé s'il n'aurait pas les mains moites et si ses doigts ne glisseraient pas sur les touches... Le saxophone, c'est super, mais quand ça sonne juste. Sinon, ça fait des couacs épouvantablement ridicules.

Toutefois, il fallait auparavant prévenir nos grands-parents.

En marchant vers l'île, mon cousin m'expliquait que Maia était la plus merveilleuse de toutes les filles qu'il avait rencontrées. Il ne pouvait plus se passer d'elle et il était certain qu'ils s'embrasseraient le soir même.

— Je le sens! Elle en a envie autant que moi!

— Tu n'es pas un peu pressé?

— On n'a pas de temps à perdre! Il nous reste neuf jours de vacances!

— Et après? Si vous vous aimez? Vous allez vous ennuyer?

— Elle pourrait venir à Montréal à Pâques! On va s'écrire! Se téléphoner!

Comment raisonner quelqu'un qui vient de tomber amoureux? J'ai dit que j'essaierais de convaincre nos grands-parents. Si

Pierre devait en principe être mon chaperon, moi, j'étais son alibi!

— Tonio et John seront là ce soir?

— Je suppose.

— John me déplaît. Il ne nous regarde jamais dans les yeux.

— Il est sûrement gêné.

— Pas pour quêter de l'argent en tout cas. Il profite d'Octave.

En rentrant à l'appartement, on a dit qu'on resterait près de l'hôtel, autour de la piscine, et qu'on ne se baignerait pas dans l'obscurité.

— Le père d'Octave sera là? a demandé grand-papa.

— Non, ai-je dit.

J'ai failli mentir, mais ils auraient peut-être voulu le rencontrer, et ça aurait été pire!

— Il est parti à la pêche, a précisé Pierre. Il revient demain.

— Il laisse Octave seul? Il n'était même pas là pour l'accueillir. Je n'aime pas ça, a fait grand-maman.

Il y aurait des choses qu'elle aimerait encore moins durant les prochaines heures!

Chapitre 6

La proposition de John

Parmi les choses que ma grand-mère n'aurait pas appréciées, il y avait la proposition que John nous avait faite sur la plage: prendre du crack. Ça, j'étais certaine que mes parents n'auraient pas aimé non plus. Ni ceux de Pierre. Ni moi d'ailleurs.

Du crack! Je ne savais pas si tout ce qu'on racontait sur cette nouvelle drogue était vrai, mais je n'avais pas follement envie de vérifier. J'avais regardé un reportage à la télévision à Montréal et j'étais en Floride depuis à peine une journée que j'avais déjà vu deux flashes spéciaux à un réseau américain.

C'était plutôt inquiétant, même en supposant que les journalistes exagèrent un peu. On prétendait qu'un «sujet» (genre adolescent) est dépendant du crack après quelques prises, et parfois même une seule! Autrement dit, le crack serait pire que l'hé-

roïne et la cocaïne. Et cent fois plus dangereux que le haschich ou la marijuana! Mais
beaucoup moins cher!

L'offre de John ne m'emballait pas du
tout. J'ai regardé Pierre qui se concentrait
un peu trop sur son saxophone, comme s'il
voulait éviter de lui répondre. Il appuyait
sur une touche, puis sur une autre, portait
le bec à ses lèvres, posait l'instrument, le
reprenait.

— Alors? a demandé Tonio. Ça vous
tente?

Est-ce qu'il attendait notre bénédiction
pour essayer?

J'ai haussé les épaules:

— Chacun fait ce qu'il veut. Moi, ça ne
me dit rien. J'aime mieux ramasser des coquillages.

John a répété «coquillages, coquillages»,
puis il a regardé Maia et Tonio et dit cette
fois:

— *Shells?*

Et il a éclaté de rire.

— Qu'y a-t-il de si drôle? ai-je demandé, mécontente.

— Rien, a dit Octave d'un air embarrassé.

— *It's not expensive!* a repris John. *For
the first time, it's free for you.*

— *No, thanks...*

Il s'est tourné vers Pierre et lui a fait la même offre. Pierre a haussé les épaules comme s'il hésitait. Je lui ai secoué le bras:

— Es-tu fou? Tu ne vas pas prendre du crack?

Maia s'était approchée de l'autre côté:

— Tu pourrais essayer... On pourrait essayer ensemble. O.K., Pierre?

J'ai explosé:

— Prends-en si tu veux, mais nous, on vous le laisse!

— Mais juste une fois! a plaidé Pierre. Une petite, minuscule, infinitésimale fois!

— Tu peux aussi te jeter du pont Jacques-Cartier juste une fois pour voir ce que ça fait!

— Je vais réfléchir, a dit lentement Pierre à ses copains. Ce soir, on était censés jouer! Où sont vos instruments?

Antonio avait oublié sa guitare, Octave n'avait évidemment pas traîné son piano et John a dit qu'il avait laissé sa clarinette chez lui. Et qu'il avait mieux à faire.

Sa clarinette? Octave m'avait dit qu'il jouait aussi du piano. De plus en plus étrange... J'ai failli dire tout haut que je n'aimais pas ces secrets, mais étant donné que j'ai naturellement envie d'éclaircir les mystères, j'ai décidé de mener mon enquête. Comme je regrettais de ne pas parler suffisamment anglais! Je devrais me contenter de cuisiner Octave pour en apprendre davantage.

Ou Maia; elle avait l'air de savoir ce qui se traficotait. Mais comment la questionner? Pierre et elle passaient leur temps à se bécoter! Mon cousin était ensorcelé! Entre deux baisers (de plus en plus prolongés), il la regardait comme si elle allait s'envoler s'il la quittait des yeux plus d'une seconde! Je me demande pourquoi il avait apporté son saxophone! Il n'avait visiblement pas envie de s'en servir!

Je m'ennuyais! Pour ma première soirée sur la plage, c'était réussi! J'ai décidé d'aller m'acheter une poutine; quand je m'embête, je mange! Octave a décidé de m'accompagner tout en m'avertissant qu'il n'était pas certain que le casse-croûte soit ouvert à cette heure.

— Si c'est fermé, on trouvera quelque chose à grignoter à l'hôtel.

On se dirigeait vers le casse-croûte, et j'allais demander à Octave pourquoi il n'avait pas pris de crack, quand on a croisé Jeremy, le super beau gars. J'ai senti qu'Octave se raidissait à côté de moi lorsque Jeremy m'a fait un petit salut.

— Tu le connais? a-t-il demandé.

— Non. Je l'ai vu sur la plage, c'est tout. Je pense qu'il collectionne les coquillages, non?

— Collectionner? Oui, d'une certaine manière...

— Qu'est-ce que tu veux dire?

Comme il allait répondre, Dan est passé devant nous sans me reconnaître:

— *Hey Dan? Hello! How are you?*

Il s'est retourné subitement. Il avait toujours cet air étrange; à la fois ravi et furieux. Qu'est-ce qui l'embêtait et qu'est-ce qui lui faisait plaisir? Il nous trouvait peut-être trop jeunes pour perdre son temps à discuter avec nous? Il ne m'avait pourtant pas donné l'impression de cela la veille. Mais maintenant, je ne savais plus quoi dire. J'ai fait un petit sourire:

— Tu n'as pas sauvé d'autres noyés aujourd'hui?

— Non. Heureusement.

Pour le mettre de bonne humeur, j'ai raconté à Octave comme Dan était courageux! Et bon nageur!

— Tu devais être un champion olympique!

— Pourquoi «devais»? m'a taquiné Dan. Je parais si vieux?

— Ce n'est pas ce que je voulais dire... Viens-tu manger une poutine avec nous?

— O.K. Ton cousin n'est pas avec toi?

— Il est là-bas, avec sa bande. Et surtout une fille! Je ne sais pas pourquoi il a apporté son saxophone!

On n'a pas mangé de poutine, car le casse-croûte était fermé, mais on a marché ensemble le long de la plage. Je me sentais en sécurité avec Dan: si une vague m'emportait, il était capable de venir me chercher! On a rencontré Flash-Fluo; il nous a fait un petit signe de tête, puis il a continué sa route sans dire un mot.

— Il est bizarre! ai-je dit. Il porte des couleurs si voyantes qu'il éclaire la plage!

— C'est la mode, a fait Octave d'un ton amusé. Allons retrouver ton cousin. J'ai hâte de l'entendre!

Coup de chance, quand on a rejoint Pierre et Maia, John partait!

Enfin la paix! Octave a prié Pierre de jouer du saxe, et il s'est exécuté. D'autres personnes qui se promenaient sur la plage sont venues. Puis Dan a joué à son tour, avant de nous raccompagner chez nous. Il connaissait des morceaux de jazz super!

Ça paraît si simple quand on regarde jouer un musicien, mais je savais que Dan, comme Pierre, avait fait régulièrement des exercices de respiration. Il avait appris le solfège et, pour arriver à jouer avec tant d'aisance, il fallait des années et des années de travail. Tout le monde a applaudi quand il a rendu son instrument à Pierre en promettant d'apporter le sien le lendemain.

La soirée se terminait bien mieux qu'elle n'avait commencé!

Chapitre 7

Le sourire de Dan

Nos grands-parents avaient l'air rassurés que Dan nous ait reconduits. Ils sont allés se coucher pendant que je discutais avec Pierre, ou plutôt que je l'écoutais me vanter les charmes de Maia. Il radotait, et je l'ai taquiné.

— C'est vrai, je m'enflamme un peu... Mais elle est extraordinaire! Je ferais n'importe quoi pour lui plaire!

— Même prendre du crack?

Pierre a secoué la tête vaguement:

— Ce n'est pas de ça que je parlais! Penses-tu qu'elle a aimé ma manière de jouer? Je crois que je vais composer une mélodie pour elle!

— Ça devrait lui faire plaisir...

— Je ne sais pas. Je ne la connais pas beaucoup.

— Pour des étrangers, vous étiez pas mal intimes...

— Non, je voulais dire qu'on se connaît, mais pas sur le plan musical, a protesté Pierre.

— Évidemment, tu as à peine joué... du saxophone. Si ça allait plus loin, y as-tu réfléchi?

Mon cousin a soupiré:

— J'aimerais ça. Mais je ne sais pas si elle voudrait. Et puis... euh!... tu sais...

— Tu ne l'as jamais fait?

— Ce n'est pas ça, voyons! J'ai juste oublié d'apporter mes condoms.

Oublié!? Il me prenait pour une idiote! J'étais prête à parier tout mon argent de poche qu'il n'en avait jamais acheté!

— Ah! C'est embêtant.

— Oui... Et peut-être que...

— Que quoi?

— Qu'on pourrait en acheter ensemble?

— Pourquoi ensemble? Qui ensemble? Maia et toi?

Pierre s'est impatienté:

— Mais non, toi et moi. Tu aurais l'air d'être ma blonde, et ça serait moins gênant à la pharmacie. Si j'y allais avec Maia, elle penserait que je prémédite mon coup. Ça manquerait de romantisme. Et avec vous, les filles, il faut toujours que ça soit romantique.

— Et pourquoi pas?

— Mais vous voulez aussi qu'on mette des condoms, et ça, c'est moins romantique!

— Et tomber enceinte, et se faire avorter, et attraper le sida, c'est romantique? Je vais aller les acheter avec toi, tes condoms. Avant que tu ne changes d'idée!

— Peut-être que je ne m'en servirai jamais...

— Tu exagères un peu! ai-je dit en pouffant de rire.

Il faut toujours que Pierre dramatise tout!

***

À midi le lendemain, on ne pensait plus du tout aux préservatifs. Et on n'avait pas besoin de dramatiser la situation; elle était assez terrible comme ça!

Dan s'était noyé.

Les vagues avaient ramené son corps sur la grève vers dix heures le matin.

Je ne m'arrêtais pas de pleurer. Pourquoi était-il mort? Pourquoi était-il allé se baigner en pleine nuit? Pourquoi n'était-il pas rentré chez lui après nous avoir ramenés?

Pourquoi? Chose certaine, ce n'était pas parce qu'il avait pris du crack.

Je ne reverrais plus son bon sourire ni ses yeux pétillants. Il ne jouerait plus jamais du saxophone avec Pierre.

— Il avait dit qu'il viendrait ce soir... sur la plage...

— Je sais, Nat, je sais, a dit mon cousin en me passant la main dans les cheveux.

— Ce n'est pas juste! ai-je crié.

— Je sais, Nat, mais qu'est-ce qu'on peut faire?

J'ai soupiré, puis reniflé un bon coup:

— Je veux aller voir où on a découvert son corps.

— Qu'est-ce que ça va te donner?

— Je veux voir!

Il y avait une foule de curieux, bien sûr, mais j'ai encore repéré sans mal le type fluo! Il se tenait assez près des voitures de police comme si l'endroit où l'on avait découvert le corps ne l'intéressait pas. Il avait son appareil photo, mais il avait sans doute terminé son film, car il ne l'a pas utilisé. Moi non plus. Il n'y avait rien à voir. Et même si... Je n'aurais pas pris le corps de mon ami Dan en photo! Je ne suis pas nécrophile!

La place s'est vidée peu à peu, puisqu'il

n'y avait pas de scène bien morbide à contempler. Si moi, j'y étais allée, c'était pour comprendre comment Dan avait pu périr. C'était tout de même extrêmement curieux qu'un champion de natation se noie.

— Il faut le dire aux policiers!

— C'est un accident, Nat...

— Reste là si tu veux! Moi, je vais le leur dire! ai-je annoncé.

Je ne pouvais pas compter sur lui, puisque Maia s'avançait vers nous. Je me suis donc dirigée seule vers celui qui semblait être le chef.

— *Excuse me, but I want to say a* chose qui pourrait *you interest.*

— *What? I don't understand!*

Maudit! J'aurais donc dû mieux étudier mon anglais!

— *It's for the* cadavre. Je le connaissais!

— *Sorry, but...*

Flash-Fluo est venu vers nous:

— Je parle anglais. Est-ce que tu veux que je traduise?

J'ai hésité, mais comme les policiers s'énervaient en se tapotant le front avec leurs mouchoirs — ils étaient rondelets et en sueur contrairement aux héros des séries télévisées —, j'ai acquiescé:

— Dis-leur que Dan a sauvé un garçon de la noyade hier. Il nageait super bien. C'était un champion!

Flash-Fluo a traduit mes paroles. Le flic a hoché la tête en marmonnant quelques mots: *«I know that...»* Puis il a fait signe à Flash-Fluo de circuler, comme s'il était fâché de son intervention:

— Qu'est-ce qui se passe?

— Rien.

— J'ai des oreilles! Il a dit qu'il le savait? Et c'est tout ce que ça lui fait? Il ne trouve pas bizarre qu'un champion de natation se noie?

— C'est sûrement un accident, a dit aussitôt Flash-Fluo.

— C'est ça, ai-je fait en le dévisageant afin qu'il comprenne bien que je n'étais pas dupe: il avait dit beaucoup trop vite que c'était un accident!

Est-ce que je le gênais en me mêlant de cette affaire? Il s'était offert super rapidement pour traduire mes renseignements aux flics. Que redoutait-il? Je lui ai tourné le dos en réalisant que mon expression me trahirait! Il ne fallait pas qu'il devine que je le soupçonnais...

De quoi? Je l'ignorais... Mais son comportement était anormal. J'avais assez de flair pour le sentir! J'ai couru vers mon cousin pour tout lui raconter, mais j'ai vite su que je devrais mener seule mon enquête: Maia et lui étaient enlacés comme deux pieuvres! Ils ne se sont même pas rendu compte que je les abandonnais.

Ma décision était prise; je filerais Flash-Fluo.

Je suis allée m'acheter des verres fumés et un chapeau de paille. Et un nouveau film pour mon appareil photo. Afin que Flash-Fluo ne se doute pas que je le suivais. Si jamais je le surprenais dans une situation révélatrice, il suffirait que je photographie d'autres gens. Il ne saurait pas que j'étais prête à gaspiller quatorze photos sur quinze pour en avoir une sensationnelle!

Gaspiller n'est pas vraiment le terme: le temps de ressortir de la boutique, j'avais perdu de vue mon suspect! Comme si c'était possible! J'ai cependant commencé à prendre des photos...

Et je n'ai pas pu résister à l'envie d'immortaliser le beau gars sur la pellicule. Quand je montrerais la photo de Jeremy à Laurence, je pourrais dire que je l'avais fréquenté. Elle ne pourrait pas soutenir le contraire! Je n'aime pas mentir à ma meilleure amie et je lui dirai la vérité quand on aura trente ans, mais pour le moment, je voulais qu'elle me croie également capable de séduire les gars plus vieux.

J'ai pris quelques photos des gens qui venaient échanger des coquillages avec Jeremy. Mais, sur ces photos, il portait ses lunettes de soleil et sa casquette. Honnêtement, on ne le voyait pas assez bien pour qu'on puisse l'admirer! Je l'ai donc discrètement observé, et la chance m'a souri; il a rejoint un type derrière la boutique de souvenirs. Et là, il a enlevé ses lunettes. Il avait des yeux extraordinaires! Je montrerais aussi sa photo à Émilie et Sophie et Justine.

J'ai pris deux photos de lui tandis qu'il échangeait des coquillages. Clic! Clic!

Puis une troisième. Clic!

J'ai dit que la chance m'avait souri? Oui. Mais pas Jeremy.

J'ai fait semblant de ne pas percevoir son regard furieux et j'ai contourné la boutique d'un pas nonchalant tout en changeant mon film. Mais Jeremy m'a bientôt rattrapée sur la plage.

Chapitre 8

Le beau Jeremy

Il ne souriait toujours pas. Il semblait même en colère.

J'ai supposé qu'il détestait qu'on le prenne en photo. Comme ma copine Laurence! Chaque année, quand on doit se faire photographier pour le bottin des étudiants, c'est le drame! Elle se lamente pendant des jours sur sa photo ratée.

— On l'est tous, ratés! lui ai-je dit. On a tous l'air fous sur les photos! Regarde la mienne, on dirait une grosse vache! Quel regard stupide! Et j'ai un bouton évidemment!

— Non, tu te ressembles! a répondu Laurence.

— Toujours aussi diplomate!

— Ce n'est pas ce que j'ai voulu dire, a-t-elle bafouillé.

Puis elle s'est penchée de nouveau sur sa photo en gémissant. Je me demande ce qu'elle fera pour le journal des finissants... Enfin, nous avons le temps d'y penser et Laurence n'aura plus son appareil orthodontique à ce moment-là.

Jeremy, lui, n'avait pas d'appareil. Ni de boutons. Il aurait pu faire de la réclame pour de la pâte dentifrice, et sa peau bronzée était lisse, impeccable, enviable... Avec son menton carré et ses fossettes, sa bouche sensuelle, il n'avait aucune raison de redouter d'être photographié! Il était vraiment trop modeste! Je l'ai trouvé encore plus sympathique: il n'y a rien de pire que les gens qui savent qu'ils sont beaux!

Non, il y a pire encore: les gens qui font semblant de ne pas savoir qu'ils sont beaux, c'est vraiment énervant! Ce n'était visiblement pas le cas de Jeremy, il se tenait devant moi sans dire un mot. S'il était aussi timide, il fallait bien que je fasse les premiers pas. Mais j'hésitais. Pourtant, je voulais le mettre en garde contre John! Il devait savoir que ce n'était pas un véritable ami. Ouf! Il a fini par m'interpeller:

— Salut!

— *Hi!* Salut!

Hourra, il parlait français! Ça serait plus facile! Faire des approches dans sa propre langue est compliqué, imaginez en anglais! Cela dit, j'aurais pu devenir bilingue, s'il l'avait fallu, pour converser avec Jeremy. De près, il était encore plus beau! Si c'était possible! Quand Laurence verrait les photos! Et Marie-Machin de Beaumont! Je dirais aussi que Jeremy logeait au *Hollywood Beach Hotel* que j'avais photographié. Ça lui en boucherait un coin!

— Tu es Québécois?

— Oui, toi aussi?

J'ai hoché la tête, cherchant désespérément à dire quelque chose d'intelligent.

— Tu m'as pris en photo, je crois? Tu sais, ça me gêne...

— C'est-à-dire que...

J'allais lui mentir, tant pis! Je n'avais pas envie qu'il devine si vite qu'il me plaisait! Il s'imaginerait que j'étais une espèce d'excitée qui se ruait sur les gars! Comme Flash-Fluo qui photographiait les filles en bikini.

— C'est-à-dire que ce n'est pas toi, mais tes coquillages que je photographiais.

Il a relevé ses lunettes, froncé les sourcils; il affichait une mine soucieuse. Il était peut-être moins humble que je ne l'avais cru? Que je lui préfère des coquillages l'ennuyait.

— Mes coquillages? Pourquoi? Qu'est-ce qu'ils ont?

— Ils sont superbes, voilà tout! J'aimerais les prendre de plus près.

— Pourquoi?

— J'ai une amie qui les collectionne!

— Vraiment? Et pourquoi?

Pourquoi les gens collectionnent-ils des objets? Quelle question! Parce qu'ils aiment ça! Il était un peu bizarre, Jeremy...

— Mais tu collectionnes toi-même les coquillages! Tu montrais un oeil de requin de l'Atlantique à une fille. Je ne sais pas où tu les trouves! Il n'y en a pas sur cette plage-ci!

— Faut savoir chercher... Écoute, on peut faire un marché: tu me rends les photos où j'apparais, et je te dis où je trouve mes coquillages. J'aimerais bien que quelqu'un vienne avec moi les chercher... Je t'ai tout de suite remarquée sur la plage. Qu'est-ce que tu en penses?

J'en pensais que Jeremy devait avoir une sacrée bonne raison pour vouloir à tout prix récupérer ses photos! Et j'allais la découvrir, cette raison!

— D'accord. Je vais faire développer

les photos et je te donnerai les tiennes.

Il a fait la moue, insatisfait.

— J'aimerais autant avoir le film...

— Le film? Tu sais, il y a des photos auxquelles je tiens énormément. Celles de mon ami Dan. C'est l'homme qui s'est noyé ce matin. J'avais fait des photos au flash hier soir pendant qu'il jouait du saxophone. C'est les dernières photos de lui... vivant...

— Ah! Tu le connaissais bien?

Sa voix tremblait autant que la mienne; c'était donc un ami de Dan?

— On se voyait tous les jours sur la plage...

— C'est vraiment incroyable qu'il se soit noyé! ai-je dit.

Jeremy a sursauté:

— Pourquoi dis-tu ça? Il y a des gens qui se noient chaque année.

— Mais Dan était un champion de natation! Tu ne le savais pas?

— Si, si, a fait Jeremy d'un ton bourru. Bien sûr. Et justement, c'est souvent les champions qui se noient, car ils sont trop sûrs d'eux et commettent des imprudences.

— Pas Dan!

— Tu le connaissais depuis quand?

— La veille, ai-je admis. Mais ça ne fait rien. Je suis certaine qu'il était prudent. Il était si gentil!

— Oui... J'aimerais ça, moi aussi, avoir des photos de lui. J'ai une idée: tu me donnes ton film, je vais le faire développer en double! Comme ça, j'aurai aussi un souvenir de Dan. Et je paye tout, évidemment.

— Et tu gardes les négatifs, c'est ça?

Jeremy a soupiré longuement, s'est passé la main dans les cheveux avant de se pencher vers moi:

— Tout ça doit te sembler étrange, n'est-ce pas?

J'ai hoché la tête.

— Quel âge as-tu? Dix-sept? Dix-huit?

J'étais flattée et j'ai approuvé vaguement.

— Je pense que je peux te faire confiance, tu es assez vieille pour comprendre ma situation... Vois-tu... je suis recherché par la police.

J'ai manqué de m'étrangler:

— Quoi? Tu... tu... tu es...

— Écoute, je n'ai rien fait de grave! J'ai seulement volé des radios. Mais comme tu m'as photographié avec le receleur... Il serait furieux d'apprendre ça!

Il s'est arrêté de parler subitement, car

mon cousin venait vers nous. Il n'aurait pas pu arriver cinq minutes plus tard? J'ai essayé de lui faire signe de s'éloigner, mais il n'a rien compris! Si j'étais aussi discrète que lui quand il est avec Maia, il hurlerait!

— Nat, on y va? Grand-papa doit nous attendre!

— Dans deux minutes...

— Tu me donnes le film? a demandé Jeremy avec un super sourire. Je te rendrai les photos de Dan!

— Promis?

— Promis. Les amis de Dan sont mes amis.

J'hésitais, puis il m'a caressé le cou. J'avais le coeur qui battait, les jambes coupées, le souffle court. Je trouvais ça plutôt agréable, mais en même temps je me disais que Jeremy ne déployait pas tout son charme juste pour ma petite personne... Il y avait des centaines de filles sur la plage bien plus belles que moi, et s'il cherchait tant à me séduire, c'est que les photos étaient vraiment importantes pour lui. J'ai donc bluffé; je lui ai remis un film vierge.

— Je te raconterai tout en détail plus tard, a dit Jeremy d'un ton câlin.

— Quand tu pourras, ai-je fait, compréhensive.

Et j'ai rejoint mon cousin, qui m'a dit que Jeremy était pas mal vieux pour moi.

— Justement. C'est ce qui me plaît.

— Je me demande ce qu'il te veut?

— Nous avons des tas de points communs.

— Comme quoi?

— La collection de coquillages.

— C'est pour Laurence que tu les ramasses?

— Non, je m'y intéresse beaucoup aussi... Et il aime la plage, la mer et le soleil.

Mon cousin a éclaté de rire:

— Mais tout le monde aime la plage, la mer et le soleil!

— Il aime la photo! C'est de ça qu'on parlait justement!

Vive la demi-vérité!

— Il n'a pourtant pas d'appareil...

— Il apprécie le travail des autres. On va échanger des photos que j'ai prises contre des coquillages. Et toi? Ta Maia?

Je préférais changer de sujet et je savais que mon cousin serait intarissable s'il s'agissait de Maia. Il m'en a parlé jusqu'à ce qu'on retrouve nos grands-parents devant la boutique de souvenirs. Nous sommes rentrés pour manger.

— J'espère que vous aimez les spaghetti italiens? a demandé grand-papa.

— Avec des boulettes?

— Avec des boulettes, bien entendu, a dit grand-maman. Il faut manger, même si la mort de Dan nous attriste tous. C'était un homme bien élevé.

— Au moins, tu as pris des photos de lui, a dit mon cousin. On ne l'a pas connu longtemps, mais ça nous fera de bons souvenirs.

— Tu veux les faire développer? a proposé grand-papa. On peut les déposer tout de suite, tu les auras peut-être demain.

— Oui! Donnons-les immédiatement! Espérons qu'on développera mon film le plus vite possible!

— Tu l'aimais bien, Dan, a murmuré grand-maman. C'est heureux que tu aies fait ces photos.

J'ai secoué la tête, trop gênée pour parler; je ne me sentais pas très honnête. S'il est vrai que j'étais contente d'avoir des souvenirs de Dan, c'était néanmoins pour plaire à Jeremy que je manifestais autant d'empressement à faire développer les photos. Pour lui plaire, mais aussi pour les voir.

Curiosité? Indiscrétion? Il me semblait que je devais voir ces images. J'ai rangé le reçu de la boutique dans la poche de ma tunique de plage et nous avons regagné l'île.

Durant le repas, nous avons discuté de *Disney World:* nos grands-parents nous offraient de nous y emmener, Pierre et moi, après Noël. Nous ne savions pas trop quoi répondre. D'un côté, on avait envie de voir *Epcot Center* et aussi le royaume de Disney, même si on est trop vieux pour les manèges.

Mais de l'autre, il y avait Maia et Jeremy... Jeremy le bandit? Pierre m'a tirée de mes pensées en parlant de la fête de Noël. Noël! Quoi? On allait célébrer Noël le lendemain? C'était incroyable, tout était si différent en Floride! Sans neige, j'oubliais que le réveillon aurait bientôt lieu.

— Qu'est-ce qui vous ferait plaisir, mes enfants?

— Que faites-vous habituellement?

— Nous invitons nos voisins, un couple d'amis plus âgés. Qui sembleront bien vieux aux jeunes que vous êtes. Mais nous les recevons chaque année...

— C'est parfait! a déclaré Pierre. On pourrait manger avec vous et vos amis, puis aller réveillonner avec Octave et son père.

Il y aura une fête à l'hôtel.

— Il ne faut pas vous imposer, a dit grand-papa. Noël est une fête familiale... Ainsi, le père d'Octave est revenu? A-t-il fait une bonne pêche?

— Je ne sais pas. J'ai croisé Octave ce matin à la plage quand...

On s'est regardés tous les quatre en silence. Subitement, je me suis sentie bien égoïste de parler des fêtes de Noël alors qu'on enterrerait ce soir notre ami Dan. Il me semblait que le temps s'écoulait curieusement en Floride: on avait découvert le corps de Dan ce matin, mais j'avais l'impression que ça faisait plusieurs jours.

Grand-maman a dit qu'elle prierait pour Dan à la messe de minuit. J'ai dit que j'aurais aimé envoyer un mot à sa famille pour leur dire qu'on aimait bien Dan.

— C'est une bonne idée, Natasha. Nous regarderons dans le journal, a fait grand-papa. Nous y trouverons son nom de famille.

Chapitre 9

J'enquête

Nous n'avons pas eu besoin d'acheter le quotidien de Fort Lauderdale pour apprendre le nom de Dan.

On a vu une photo de lui au téléjournal.

On disait qu'il avait été assassiné. Assommé avant d'être jeté à la mer.

Il était policier. Enquêtait sur le trafic de crack.

— J'avais raison! ai-je clamé. Il ne s'était pas noyé!

— Ça ne change rien, a fait mon cousin. Il est mort...

— C'est dégueulasse! Mourir pour cette merde de crack!

— Et ça arrivera à bien des jeunes de votre âge, a fait grand-papa. Je suis content que vous n'y touchiez pas!

— Jamais! ai-je dit vivement. Pauvre Dan! Il faut arrêter son meurtrier.

Grand-papa et grand-maman ont échangé

un regard inquiet:

— Ça ne te concerne pas, Natasha...
C'est le travail des policiers. Ils feront l'impossible pour découvrir qui a tué leur collègue.

J'ai approuvé de la tête, mais j'étais décidée à poursuivre mon enquête. En observant John, puisqu'il nous avait proposé du crack. En filant Flash-Fluo.

Et en questionnant Jeremy.

Jeremy. Qui était recherché par la police! Oh non! Ça ne pouvait pas être lui, le coupable! Il avait dit qu'il était un ami de Dan. M'avait-il menti? Il fallait absolument que je lui parle. Sans témoin. Mais, pour ma sécurité, dans un endroit public! Même si je le trouvais beau, je n'oubliais pas quelques règles élémentaires de prudence. Plus facile à dire qu'à faire.

Tandis que je retournais toutes ces questions dans ma tête, mon cousin organisait la soirée du lendemain: nos grands-parents nous mèneraient à l'hôtel, d'où nous reviendrions le lendemain, après avoir fêté toute la nuit.

— Vous serez peut-être fatigués?

— Non, non, nous sommes habitués... a commencé Pierre.

— Vraiment? a dit grand-maman.

— C'est-à-dire qu'on veille toujours le soir du réveillon, ai-je ajouté aussitôt.

Inutile de leur apprendre que nous nous couchions toujours très tard quand Pierre et moi étions ensemble; nous bavardions souvent jusqu'aux petites heures du matin!

— Nous avons quelques achats à faire pour demain, a dit grand-papa. Je suppose que vous passerez l'après-midi sur la plage?

— Oui, s'est empressé de répondre Pierre. Il fait si chaud!

Et même s'il avait fait très froid, il y serait sûrement allé, puisqu'il devait y retrouver Maia.

En nous rendant à la plage, j'ai demandé à mon cousin de se renseigner auprès de Maia au sujet du crack. Elle avait l'air de s'y intéresser et de bien connaître John, qui, lui, en savait sûrement long...

— Justement, j'aimerais mieux pas, a dit Pierre.

— Mais...

— Je n'ai pas envie de parler de ça avec Maia, car je voudrais qu'elle oublie la proposition de John.

— Mais John, lui? Tu pourrais peut-être lui parler?

— Non! Je ne veux pas me mêler de ça, Nat.

— On t'a proposé une nouvelle fois d'en prendre?

— Oui.

— Et?

— J'ai refusé. Mais Maia en avait envie. Elle dit qu'elle connaît des tas de gens qui en prennent, et que ce n'est pas si dangereux.

— Ça l'a été pour Dan, en tout cas. Mais si tu t'en fiches...

— Ça ne le ressuscitera pas que je discute avec John! Je suis certain que Dan préférerait qu'on reste en dehors de cette histoire. Et puis, réfléchis un peu. T'imagines-tu que John va me dire avec un grand sourire: «Qu'est-ce que tu veux savoir? Je suis prêt à répondre à toutes tes questions.»

— Il pourrait te dire comment il se procure le crack!

— Et sous quel prétexte je lui en parlerais, alors que je refuse d'en consommer? Non, oublie tout ça...

Tandis qu'il retrouvait sa précieuse Maia, je me promenais sur la plage. Je l'ai arpentée tout l'après-midi en pure perte; Jeremy était invisible.

J'avais envie de pleurer, car sa disparition accentuait mes soupçons à son égard. S'il n'avait rien fait de vraiment grave, pourquoi se cachait-il donc? Avait-il deviné que je devinerais tout? John était aussi absent, pourquoi? Pourquoi? Pour nuire à Jeremy? Mon coeur s'affolait: et s'il était en danger? J'errais sur la grève comme une âme en peine à me torturer l'esprit inutilement, mais je ne pouvais m'en empêcher.

Et Flash-Fluo? Où était-il donc passé, celui-là? Dès que j'avais décidé de l'espionner, il m'avait échappé. J'avais honte, j'étais vraiment minable comme détective!

Et pas tellement mieux comme nageuse: je m'étais étouffée deux fois en me baignant; c'est à croire que je savais à peine barboter! De ce côté, il valait mieux que Jeremy soit absent et ne me voie pas me ridiculiser.

Je suis sortie de l'eau aussi dignement que je le pouvais, mais j'avais l'impression qu'avec une méduse sur le crâne, je ne me serais pas fait moins dévisager. Je devais être aussi rouge que les filles du Lac-Saint-Jean qui s'étaient trop fait bronzer la veille. Des crevettes, voilà à quoi on ressemblait! Question séduction, Maia nous battait amplement.

Évidemment, je n'avais pas revu mon cousin de l'après-midi. Les amoureux s'étaient isolés au bout de la plage, espérant y être plus tranquilles. Ce n'est pas moi qui irais les déranger. Même si je m'embêtais un peu. J'aurais souhaité un peu plus d'action.

Mon voeu allait se réaliser!

Pas plus tard qu'à la fin de l'après-midi. Au moment où j'allais m'acheter de la crème glacée au chocolat, ma préférée. Je quittais le bar laitier, après avoir fait la queue pendant au moins dix minutes tellement il y avait du monde, en tenant mon cornet au-dessus de ma tête pour être certaine que personne ne l'écraserait. Tout à coup, j'ai senti une secousse très nette contre mon épaule.

Je n'ai même pas eu le temps de comprendre qu'on me volait, qu'un type en patins à roulettes s'éloignait à toute vitesse avec mon appareil photo!

Et ce n'est que beaucoup trop tard que j'ai crié: «Au voleur!»

Je n'ai même pas essayé de le rattraper. Je suis restée sur place, avec la glace au chocolat qui dégoulinait sur ma main droite. Des gens me parlaient tous en même temps:

— *Call the policeman!*

— *It's not the first time!*

Je répondais *«yes, yes»*, mais je ne bougeais pas davantage, interdite. Comment avait-on osé me voler mon appareil photo? C'était trop injuste! C'était la pire journée de mon existence: d'abord la mort de Dan, puis la trahison de Jeremy, la défection de mon cousin et puis ce vol! J'aurais mieux fait de rester à Montréal!

— Veux-tu porter plainte? a dit quelqu'un à côté de moi en français.

— Quoi?

— Tu te souviens de moi? On s'est vus ce matin avec les policiers.

Flash-Fluo! Qui s'offrait encore à parler aux flics pour moi. Décidément, il était toujours présent quand je devais discuter avec les représentants de la justice... Alors qu'il avait disparu toute la journée.

— Alors?

— Ça ne servira à rien. Le voleur est déjà bien loin. C'est un champion en patins à roulettes!

— Tu l'as reconnu?

— Mais non! Si je l'avais reconnu, je saurais qui c'est et je pourrais le dénoncer!

Flash-Fluo s'est gratté la tête d'un air indécis:

— Tu devrais tout de même porter plainte. On peut y aller ensemble, si tu veux.

Ce type était vraiment très serviable. Trop! Je n'avais pas oublié comment je m'étais fait piéger par un certain Ralph*, quand j'avais fugué. Il était comme Flash-Fluo: hyper gentil, secourable, protecteur. Et c'était pour mieux m'emberlificoter! Une fois suffisait!

— Merci, je préfère laisser tomber.

— On pourrait peut-être retrouver ton appareil? Si tu ne déposes pas de plainte, les policiers ne pourront jamais te le rendre.

— Mais pourquoi l'aurait-on volé pour s'en débarrasser ensuite? Le voleur revendra l'appareil ou l'utilisera lui-même. C'est logique.

Flash-Fluo admit que j'avais raison. Mais moi, je savais que le voleur pouvait avoir une autre raison de me piquer mon appareil: le film l'intéressait peut-être.

Jeremy aurait pu être ce voleur. S'il avait été brun aux cheveux longs et plus petit. Je n'y comprenais plus rien!

— Tiens, prends ça, a dit Flash-Fluo en me tendant une serviette en papier pour

* Voir *Un jeu dangereux,* chez le même éditeur.

essuyer la glace au chocolat.

— Merci, ai-je marmonné.

— Je comprends que tu sois fâchée! a dit Flash-Fluo. Tu avais un bon appareil.

— Oui, ai-je dit tout bas. Salut!

Je n'aimais pas sa manière de vouloir absolument être copain avec moi, mais lui ne l'entendait pas ainsi; il était plutôt collant! Comme Octave! Ce n'est jamais les bons gars qui s'intéressent à moi!

— Je m'appelle Daniel Dubois.

— Ah!

— Et toi?

Il ne se décourageait pas facilement! Je devais pourtant avoir l'air vraiment bête.

— Pourquoi veux-tu savoir mon nom?

— Comme ça... C'est quoi?

— Natasha.

— C'est joli.

— Sauf qu'on est cinq filles dans ma classe à s'appeler comme ça.

Il a souri et j'ai dû admettre qu'il avait de belles dents.

— C'était pareil pour moi! On était quatre Dan au collège.

— Dan? Dan? Ah!... Daniel...

Chapitre 10

Qui est Flash-Fluo?

Alors, je me suis mise à pleurer comme un bébé! Devant un parfait étranger! Tout le monde se retournait sûrement pour nous regarder! J'y pensais, mais j'étais incapable de m'arrêter! Daniel m'a prise par le bras pour m'emmener à l'écart. Ça m'agaçait, mais je n'avais pas la force de protester.

On s'est assis à une table à pique-nique. Les gens qui étaient autour se sont éclipsés: ils devaient être gênés de me voir pleurer autant. Une chance que Jeremy n'était pas sur la plage: avec les yeux et le nez rouges, je n'aurais plus eu aucun attrait!

— C'est à cause de Dan Weiss que tu pleures?

J'ai hoché la tête.

— C'est écoeurant, ce qui lui est arrivé...

— Tu le connaissais aussi? ai-je réussi à bredouiller.

— Oui.

— Tu savais qu'il était policier?

— Bien sûr.

— Alors, pourquoi les flics avaient l'air furieux contre toi ce matin? Si tu étais un copain de leur collègue, ils auraient dû être plus aimables...

Daniel Dubois siffla entre ses dents:

— Oh! Mademoiselle Natasha est observatrice! Tu as raison, je les embêtais. Pourtant, j'aimais Dan.

— Comme tout le monde. Depuis qu'il est mort, on est tous amis avec... Toi, Jeremy, moi... Mais quand on t'a croisé sur la plage hier soir, tu ne t'es pas arrêté pour jaser avec lui.

— J'avais mes raisons. Mais je t'assure! C'était le meilleur flic que j'aie connu.

— Parce que tu en as rencontré plusieurs?

Allait-il me dire, lui aussi, qu'il était recherché par la police? Quelle histoire!

— Oui. C'est normal dans mon métier.

— Tu es gangster?

— Qu'est-ce que tu en penses?

S'il l'était, il ne me l'avouerait pas aussi candidement. Et pourtant, Jeremy m'avait bien confié qu'on le poursuivait...

— Je ne pense rien.

— Toi, ne pas penser? Tu es trop perspicace! Tu avais raison de croire que Dan n'était pas mort d'une cause naturelle...

Il essayait maintenant de me flatter!

— C'était juste une intuition, ai-je répondu.

— Dans mon métier, il faut souvent s'y fier. Vois-tu, je suis journaliste. Je fouine partout. C'est pour ça que les flics m'aiment plus ou moins... Pourquoi pensais-tu que la noyade n'était pas accidentelle?

— Qu'est-ce qui me prouve que tu es vraiment reporter? Il me semble que tu es pas mal trop jeune...

Il sourit:

— Merci! C'est gentil. Regarde ça.

Il me montrait une carte de presse qui semblait authentique. Mais l'était-elle? Je n'en avais jamais vu. Comment comparer? Une des qualités d'un bon détective, c'est de se méfier de ce qu'on lui dit.

— J'ai pris des photos de Dan, ce matin. Mais toi, tu t'es doutée de quelque chose sans avoir vu le corps!

J'ai nié:

— Non, je trouvais seulement bizarre qu'il se soit noyé alors qu'il nageait si bien.

Daniel s'est levé, l'air dépité:

— Bon, puisque tu ne veux pas m'aider, je vais continuer à me débrouiller tout seul.

Voilà qu'il voulait susciter ma pitié? Il tentait vraiment toutes les manoeuvres! À quand la séduction? Malgré tout, j'étais curieuse:

— T'aider? À quoi?

— À faire la lumière sur la mort de Dan. Tu y tiens autant que moi! On devrait unir nos forces.

— Pourquoi veux-tu savoir ce qui s'est réellement passé?

— Je suis ici pour faire un reportage sur le trafic de crack. Dan enquêtait là-dessus. On devait échanger nos informations, mais il est mort avant...

— Le trafic de crack? ai-je dit d'un ton que je voulais ferme.

— C'est un véritable phénomène ici! Tu en as entendu parler, non?

— Bah! un peu, oui. À la télévision.

Je préférais garder mes informations pour moi. À moins que Flash-Fluo ne me donne des tuyaux importants le premier.

Il était visiblement déçu. S'attendait-il à des révélations extraordinaires?

— Personne ne t'en a proposé depuis ton arrivée?

— Ça ne m'intéresse pas, ai-je fait, évitant de répondre directement à sa question.

Et s'il m'interrogeait pour savoir si j'aimais le crack? Et s'il n'était pas journaliste, mais revendeur de drogue? Souhaitait-il m'en vendre?

— Et le gars avec qui tu es presque tout le temps? Celui qui a les cheveux bruns? Et qui joue du saxophone?

— Mon cousin? Lui non plus n'est pas amateur de crack!

— Et le beau blond à qui tu parlais ce matin?

— Quel beau blond? Eh! Es-tu policier, *pusher* ou journaliste? J'en ai assez, salut!

Avant qu'il n'ait pu me retenir, je m'enfuyais en courant. Pas aussi vite que mon voleur, mais assez pour décourager Flash-Fluo. J'ai contourné le snack-bar et je suis restée blottie de l'autre côté en attendant qu'il se décide à quitter la plage. Il regardait partout, mécontent de mon départ. J'ai vu John lui emboîter le pas et j'allais les suivre quand j'ai aperçu Jeremy.

Qui devais-je choisir?

Je voulais en apprendre autant sur Flash-Fluo et John que sur Jeremy. J'ai préféré percer le mystère qui entourait ce dernier...

Mais pour l'aborder, je préférais avoir les photos qu'il m'avait demandées. Je suis entrée dans la boutique de souvenirs presque en courant, je devais avoir l'air très pressée, car une femme m'a laissée passer devant elle au comptoir:

— Je suis en vacances, j'ai tout mon temps, m'a-t-elle dit.

Moi aussi, j'étais en vacances. Mais je n'en avais guère l'impression!

Mes photos n'étaient pas prêtes! Je suis ressortie de la boutique découragée. Qu'allais-je dire à Jeremy? Il marchait vers moi sans sourire et il a gardé le silence un long moment avant de me demander si je me moquais toujours ainsi de mes amis.

— Tu m'as donné un film vierge!

— Je sais! J'étais trop énervée quand mon cousin nous a interrompus! Mais j'ai fait aussitôt développer les photos, en double, et je te les donnerai dès qu'elles seront prêtes! Je te le jure!

Il s'est radouci:

— Parfait... Dis-moi, je t'ai vue parler avec un gars tantôt. Qui portait des vêtements plutôt voyants.

— Ah! lui...

— Qu'est-ce qu'il te voulait?

— Bof! Me vendre du crack, ai-je dit pour voir sa réaction.

— Te vendre du crack?! s'est exclamé Jeremy.

Sa voix vibrait de colère et d'étonnement.

— J'aurais dû en acheter? ai-je murmuré en espérant une réponse négative.

— Non! Tu as bien fait de refuser!

Ouf! J'étais soulagée qu'il condamne le crack!

— Écoute, Jeremy, il faudrait que...

On a entendu klaxonner derrière nous. Jeremy s'est retourné:

— Plus tard, on m'attend. On se voit ce soir sur la plage?

— Je ne pourrai pas, on prépare Noël à la maison. Mais je devrais avoir les photos demain. Qu'est-ce que tu fais, toi, pour Noël?

— Je ne sais pas trop. Et toi? Tu fêteras avec ton cousin?

— Oui. Mais ensuite nous irons à l'hôtel Hollywood pour rejoindre Octave, un copain.

— Retrouvons-nous là! Demain, à vingt-trois heures. J'aurai un cadeau pour toi... Et je t'expliquerai le vol. Tu as le droit de savoir la vérité avant que je sois trop amoureux de toi...

Amoureux?

Je pense qu'il exagérait un peu.

Éberluée, je l'ai regardé courir vers la voiture.

Et j'ai reconnu John sur le siège avant.

Et moi qui n'avais pas prévenu Jeremy que John lui en voulait! J'ignorais ses motifs, mais il avait beau s'être tourné vers Jeremy en souriant, je me souvenais du ton cruel et fanfaron de sa voix quand il en avait parlé deux jours plus tôt.

J'ai rêvé que John poursuivait Jeremy sur l'eau, chevauchant un coquillage géant qui laissait derrière lui une traînée de bave aussi brûlante que la lave d'un volcan. Du coquillage sortait une tête monstrueuse toute noire avec des dents aussi longues et aiguisées que des couteaux de cuisine.

Une tête qui portait des verres fumés comme ceux de Jeremy, mais à la monture d'un rose vif digne des accoutrements de Flash-Fluo. L'énorme bête rattrapait Jeremy qui lui tendait un cadeau de Noël pour l'amadouer quand on m'a secoué l'épaule:

— Nat! Réveille-toi! On doit acheter nos cadeaux!

Chapitre 11

Les cadeaux de Noël

C'est ainsi que le matin du 24 décembre, Pierre et moi avons traîné durant deux heures au centre commercial. Grand-papa et grand-maman iraient chercher la dinde, les fleurs, les canapés et la bûche, qu'ils avaient réservés chez les marchands pour le repas de Noël.

J'appréciais vraiment cette idée de manger avec mes grands-parents et de réveillonner ensuite, d'autant plus qu'Octave avait dit qu'il y aurait du homard à l'hôtel. J'adore le homard même si je suis incapable d'en jeter un vivant dans l'eau bouillante...

Pierre avait suggéré devant nos grands-parents d'acheter une bricole pour Octave, puisqu'il nous invitait à fêter avec lui. On cherchait effectivement ce qu'on pourrait lui offrir tout en pensant à Maia et Jeremy. J'avais envie de lui plaire tant j'étais heureuse qu'il n'aime pas le crack.

J'étais aussi troublée qu'il m'ait dit qu'il était amoureux, sans y croire vraiment. Mais si un coup de foudre unissait Pierre et Maia, pourquoi ça ne m'arriverait pas à moi, pour une fois!? Jeremy était très attirant. Oui, mes amies m'envieraient quand elles le verraient en photo et quand je leur raconterais notre passion.

Chose certaine, Jeremy avait confiance en moi, puisqu'il m'avait confessé son vol.

Mais moi, avais-je confiance en lui?

— Eh, Nat! As-tu une idée pour le cadeau d'Octave?

— Tu devrais lui donner un enregistrement des Dominos! Quand tu lui as fait écouter une cassette de ton groupe dans l'avion, il avait l'air d'aimer ça.

— Tu crois? a fait Pierre, ravi. Ça me fait penser que je n'ai pas encore écrit aux gars!

— On va acheter aussi des cartes postales: Laurence et Jeff m'en voudront à mort si je ne leur envoie rien!

On a trouvé aisément les cartes. Mais les cadeaux! Quel cauchemar! Heureusement qu'on avait déjà acheté ceux de grand-papa et de grand-maman à Montréal. J'ai fini par choisir un somptueux livre sur les coquillages pour Jeremy: c'était sa passion après tout et ce n'était pas aussi intime qu'un vêtement. Pierre, lui, n'a pas hésité: il a acheté un tee-shirt extrêmement moulant pour Maia, noir avec des bordures dorées.

— Elle sera encore plus belle avec! a déclaré Pierre. Dis donc, Nat, tandis qu'on est ici, on pourrait en profiter pour...

Je savais ce qu'il voulait, mais ça m'amusait de le voir s'efforcer d'adopter un ton détaché.

— Pour?

— Enfin... Les capotes... Même si je ne crois pas que Maia...

— Tu es trop pressé! Mais on en achète si tu veux. Elles te serviront un jour à Montréal.

— Tu es décourageante! a gémi Pierre.

Nous sommes entrés dans la première pharmacie que nous avons vue. C'était bourré de monde: Pierre a légèrement hésité sur le seuil, mais je l'ai entraîné. On a arpenté les allées pendant une demi-heure avant de *les* trouver. Et pour faire comme si on était habitués d'en acheter, on a laissé la boîte avec désinvolture dans notre panier.

Panier rempli de mouchoirs en papier, de pastilles pour la gorge, de crème solaire, de tampons, bref d'un tas de choses inutiles dans l'immédiat, mais qui camouflaient la petite boîte de condoms. À la caisse, on bavardait comme un vieux couple pour cacher notre gêne, mais dès qu'on est sortis de la pharmacie, Pierre s'est tourné vers moi en me disant:

— Tu vois, ce n'est pas compliqué! Je te l'avais bien dit!

Ah, les gars!

Nous avons retrouvé nos grands-parents devant un énorme sapin synthétique au bout du centre commercial. Il était plutôt réussi, car il y avait tant de lumières et de décorations qu'on distinguait à peine les branches de plastique. Il manquait cependant l'odeur si agréable de la résine, et j'ai plaint un instant les Américains de fêter Noël avec de faux arbres. Même s'ils ont de vrais palmiers.

Pierre avait caché le tee-shirt destiné à Maia dans mon grand sac de plage dont je ne me séparais jamais. Et j'ai dit à mes grands-parents que le livre sur les coquillages était pour Octave. Ça nous ennuyait de leur mentir, mais ils auraient peut-être trouvé que nous avions bien vite rencontré l'amour. Dans leur temps, ils s'écrivaient avant de se fréquenter! Je ne suis même pas certaine qu'ils se téléphonaient! Je serais morte d'impatience à leur place!

Quand j'étais amoureuse de Martin Gauthier, on s'appelait tous les jours. Tiens, c'était curieux: j'avais vécu soixante-douze heures sans téléphoner à mes amis! Décidément, tout était différent en Floride!

On a passé l'après-midi à décorer l'appartement avec nos grands-parents et à emballer les cadeaux chacun de notre côté dans le plus grand secret. J'ai beau être plus âgée, Noël m'excite toujours autant!

J'aimais le bruit des ciseaux coupant le papier d'emballage, le choix des choux et des rubans, la pose de l'étoile au haut du sapin, les lumières, les guirlandes et les glaçons argentés. J'aimais entendre le jus de la dinde qui grésille dans le four, même si ça réchauffait tout l'appartement. Et voir grand-maman s'affairer à sortir les bougeoirs de porcelaine des placards, les assiettes des grands jours et l'argenterie.

Il régnait une joyeuse excitation. Tout en emballant les cadeaux, je me demandais quels seraient les miens...

Pour que grand-maman puisse finir de tout préparer en paix, grand-papa, Pierre et moi sommes allés nous baigner. La mer n'avait jamais été aussi calme, comme si elle sentait que c'était une nuit particulière, et l'écume qui ourlait les vagues ressemblait à des cheveux d'ange.

Malgré les événements inquiétants des derniers jours, je me sentais étrangement apaisée. Peut-être parce que tous les autres baigneurs souriaient, gagnés eux aussi par la magie de Noël?

J'ai mis une robe en satin noir, car il me semblait qu'elle me vieillissait un peu, et je me suis fait un chignon tout en laissant ma mèche turquoise libre. Contrairement à ce que j'avais appréhendé, mes grands-parents ne m'avaient fait aucune réflexion sur la «drôle de couleur» de mes cheveux, alors que papa et maman en avaient parlé pendant des semaines! Ils sont vraiment chouettes, mes grands-parents!

Encore plus que je ne le croyais! Quand leurs amis sont arrivés, on a bu une coupe de champagne (j'en ai mis une goutte derrière chaque oreille, il paraît que ça porte bonheur) et on a échangé nos cadeaux. Il y en avait plus que je ne le pensais: même leurs amis nous en avaient fait! Pierre m'a donné la cassette la plus récente de mon groupe préféré, les invités m'ont offert une superbe bougie en forme d'orchidée et une barrette pour les cheveux en paillettes bleutées. Super.

Mais ce qui m'a le plus touchée, c'est le cadeau de mes grands-parents: ils avaient trouvé un collier et un bracelet mexicains en argent sertis de turquoises.

— Ça te plaît? a demandé grand-papa.

— On a pensé que ça serait joli avec ta belle mèche, a ajouté grand-maman.

— Comme je vous aime! me suis-je écriée en les embrassant pour cacher mon émotion. Vraiment, je suis la plus gâtée des petites-filles!

— Tu es pourtant bien grande! a toussé grand-maman avant de nous inviter à passer à table.

On a applaudi quand elle a apporté la dinde. Sachant que je mangerais plus tard du homard, je n'en ai repris qu'une fois. La farce était sublime, onctueuse, savoureuse! Et la bûche glacée! Ah! C'était dur de résister!

— Il y en aura encore demain, m'a assuré grand-papa. Pense à ton party! D'ailleurs, il serait peut-être temps que je vous y conduise?

Chapitre 12

Le réveillon

On a embrassé tout le monde et on est partis avec nos cadeaux. Le sac de plage n'allait pas tellement avec ma robe de satin, mais c'était sans importance, puisque je rendais service à mon cousin.

— On a eu des cadeaux fantastiques, ai-je dit à Pierre en pénétrant dans le hall de l'hôtel. On aurait peut-être dû rester avec notre famille.

— Et laisser Octave tout seul avec son père?

— Il ne sera pas seul, puisque ses amis seront là.

— Ses amis? Tu parles d'Antonio et de John? Je n'appelle pas ça des amis... Antonio peut-être, mais pas John!

— Que veux-tu dire?

Enfin! Il se rangeait à mon avis depuis le temps que je lui disais que je n'aimais pas John.

— Il a essayé de nous dresser l'un contre l'autre en voulant me faire croire qu'Octave courait après Maia. Il m'a dit trois fois de me méfier d'Octave, qu'il tenterait de séduire ma blonde. Et qu'au fond, j'étais trop jeune pour elle et que Maia préférait les types qui avaient du cran...

— Quel rapport?

— Je ne sais pas. Mais cette attitude m'a agacé. D'autant plus qu'Octave n'est pas amoureux de Maia, puisqu'il aime une autre fille.

— Ah!

— Il n'a pas voulu me dire qui c'est, mais d'après lui, c'est la plus jolie fille de la plage. Et la plus intelligente. Et la plus dynamique, et...

— Tant mieux pour lui. Octave peut bien sortir avec qui il veut, je m'en fous.

— Moi, ça me fait plaisir pour lui. Il a toujours été correct avec nous. C'est bien grâce à lui si on n'est pas encore coincés à Atlanta! Tu te rends compte? Je n'aurais pas connu Maia!

Maia par-ci, Maia par-là!

— J'espère qu'elle va aimer mon cadeau! C'est dommage qu'elle ne puisse pas rester toute la nuit. Ses parents devraient comprendre!

Antonio et Maia pouvaient rester à l'hôtel jusqu'à minuit. Ensuite, ils devaient rejoindre leurs frères et soeurs pour célébrer Noël en famille. Ils avaient essayé de négocier sans succès: la soeur de Maia venait d'avoir un bébé, et tout le monde devait se réunir autour du berceau pour s'extasier!

— C'est idiot, parce que le bébé ne s'en souviendra même pas, alors que nous... nous n'oublierions jamais cette nuit de Noël si nous la passions ensemble!

Dans un genre moins romantique, je ne l'oublierais pas non plus!

La soirée avait pourtant commencé très gentiment. Le père d'Octave avait fait les choses en grand! Il avait engagé un orchestre pour jouer durant le réveillon. Réveillon qui se déroulerait sur la plage où l'on avait dressé un immense buffet! J'avais bien fait de ne pas trop manger de dinde!

Il y avait des petits fours chauds de toutes les sortes, mini-pizzas, quiches aux épinards, beignets aux crevettes, canapés au caviar (j'imagine que c'était du vrai!), pailles au fromage, bouchées à la reine. Puis des salades plus exotiques les unes que les autres, des montagnes de fruits, de légumes, cinq sortes de sauces à trempette, un saumon fumé complet. Et, bien sûr, du homard grillé froid, dont la carapace était aussi rouge que la chair était tendre.

Je me suis peut-être fait remarquer en remplissant mon assiette à ras bords, mais je voulais être certaine de goûter à tout. C'est avec enthousiasme que j'ai assuré à Octave que sa fête était réussie. Je n'ai pas vu sa nouvelle conquête. Elle n'avait pas pu venir? Ça ne semblait pas l'attrister...

— Et ce n'est pas tout! Après le dessert, on échangera nos cadeaux, puis il y aura un feu d'artifice! Ensuite, on dansera!

Octave a eu l'air content que Pierre lui donne un enregistrement des Dominos. Mais je comprends qu'il ne l'ait pas écouté immédiatement, trop excité qu'il était par le cadeau de son père!

Une hydromoto!

On dit souvent que les parents qui font de gros cadeaux essaient ainsi de se déculpabiliser et de faire oublier leurs absences. Le père d'Octave ne devait pas être souvent à la maison pour avoir tant à se faire pardonner! Une hydromoto! Pierre avait les yeux tout écarquillés! Surtout quand Octave lui a dit sur un ton anodin qu'il la lui prêterait s'il en avait envie. J'ai cru qu'ils iraient l'essayer à la minute même!

Maia a retenu Pierre, et le feu d'artifice a attiré les gens qui se promenaient sur la plage: c'était super, tout le monde se parlait et dansait. Les fusées explosaient dans la nuit en bouquets lumineux, en élégantes échappées ou en couronnes! C'était merveilleux! Féerique! Fantastique!

C'est comme dans un rêve que j'ai entendu la voix chaude de Jeremy à mon oreille. Il m'invitait à danser!

Et l'orchestre jouait justement un slow! Jeremy dansait comme un dieu! Je le sentais tout souple contre moi. Si souple que j'avais l'impression non pas de suivre ses mouvements, mais de les deviner, de les pressentir comme si on faisait de la télépathie. On communiait vraiment! J'avais passé ma main sous sa queue de cheval, et il me caressait la nuque si doucement...

C'est à ce moment que Flash-Fluo m'a tapé sur l'épaule en me demandant si je voulais danser avec lui. Quel imbécile! Il ne voyait pas que Jeremy et moi étions faits pour être ensemble!

J'ai rugi un «non» formel et définitif, mais ça ne l'a pas arrêté. Il m'a attrapée par le bras et m'a tirée sans que Jeremy ait le temps de réagir.

— Mais laisse-moi! Laisse-moi!

— Quand tu m'auras écouté! Ton bellâtre blond pourrait être arrêté par la police! Alors, tu n'as pas intérêt à être avec lui!

— Mais je sais qu'il est recherché!

— Tu... le... sais?

De surprise, il m'avait lâchée.

Il a tourné les talons avec rage et est allé directement au bar se servir un verre. Octave est venu me demander ce qui se passait:

— Tu as l'air furieuse.

— Ce n'est rien. Mais ce type m'énerve! Je dansais avec Jeremy quand l'autre est arrivé! C'est toi qui l'as invité?

— Oui, il est très drôle, je t'assure. Et il écrit de très bons articles sur des sujets d'actualité. Mon père l'a rencontré plusieurs fois à Montréal.

— Il est vraiment journaliste?...

— Mais oui. Tu en doutais?

— Non, ai-je répondu, dépitée.

Ça m'embêtait réellement que Flash-Fluo m'ait dit la vérité. S'il avait raison sur ce point, il ne se trompait peut-être pas au sujet de Jeremy...

— Tu veux danser? m'a demandé Octave.

— Non, cette danse m'est réservée, a dit Jeremy en m'enlaçant. On a tourbillonné longtemps jusqu'à ce qu'on trouve un coin plus tranquille sur la plage. Il est allé nous chercher des boissons et, quand il a cogné délicatement son verre contre le mien, il a dit:

— À toi, ma belle.

Chapitre 13

Au clair de lune

Ah! Il me trouvait belle! Je me méfiais un peu, mais je ne savais plus quoi dire. J'oubliais toutes les questions qui se bousculaient dans mon esprit. Et j'ai balbutié:

— Toi aussi, tu es beau... Tu sais ce que j'aimerais? Que tu enlèves tes lunettes! C'est bizarre d'en porter le soir. Et il n'y a personne autour pour te voir...

Il les a remontées et plantées dans son épaisse chevelure, puis il s'est approché de moi. J'ai fermé les yeux, croyant qu'il m'embrasserait. Mais j'ai senti un liquide glacé couler sur mon bras. J'ai crié en me redressant d'un bond!

— Excuse-moi! Excuse-moi! répétait Jeremy. Mon verre m'a glissé des mains! Il a coulé dans ton sac! Attends, je vais tout éponger! Je suis vraiment maladroit!

Tout en parlant, il ouvrait mon sac. Son cadeau! Je ne voulais pas qu'il le voie tout de suite. J'attendais un moment plus romantique pour le lui donner. Il insistait pour secouer le contenu du sac dans le sable:

— Laisse-moi faire! Je vais tout essuyer! C'est moi qui ai renversé le verre, c'est à moi de nettoyer!

— Mais, Jeremy, ce n'est pas...

Il ne m'écoutait pas et vidait mon sac. Il a forcément pris le livre que je lui destinais et allait l'essuyer quand je lui ai dit que c'était son cadeau de Noël.

— Ah! a-t-il dit.

Juste: «Ah!»

— C'est un livre sur les coquillages, ai-je dit pour masquer ma peine.

J'étais blessée qu'il accueille ainsi mon présent, moi qui avais tant cherché à lui faire plaisir.

— Sur les coquillages?

Il semblait intrigué. Il était pourtant normal de songer à lui offrir un livre sur les coquillages, puisqu'il les collectionnait! Il a tourné et retourné le paquet sans rien dire, puis il m'a souri:

— Tu n'aurais pas dû... Mais je te remercie beaucoup... Oh! Ta robe! Va vite la rincer à l'eau, sinon elle sera gâchée! Allez!

— C'est à peine s'il y a quelques gouttes

sur la manche!

— Mais c'est du satin! Ça va paraître si tu ne fais rien! Vas-y! Je ne me pardonnerais pas d'avoir gâché ta robe des Fêtes.

— Oui, peut-être... Je reviens dans deux minutes.

Je suis repartie vers le bar pour demander un verre d'eau au serveur tout en me disant que Jeremy était étrange, à la fois doux et rustre, spontané et réservé. Si j'avais ignoré qu'il ne touchait pas au crack, j'aurais mis son comportement sur le compte de la drogue. Oui, il était vraiment bizarre. Et je pense que j'étais encore plus intriguée qu'attirée par lui.

Je frottais un glaçon sur le bord de ma manche quand Octave est venu vers moi:

— Tu peux aller à ma chambre d'hôtel t'occuper de ta robe si tu veux!

— Ce n'est pas nécessaire. J'ai à peine reçu quelques gouttes, mais Jeremy tenait à ce que je répare sa maladresse!

— Jeremy?

— Il a renversé son verre sur moi par accident. Et il semblait gêné!

— Jeremy, gêné? Lui? C'est bien la première fois que ça lui arrive!

— Tu le connais donc plus que tu ne le

dis!

Octave a hoché gravement la tête:

— Trop.

— Quoi? Trop?

— Rien. Sinon que tu ferais mieux de ne pas le fréquenter.

— Et pourquoi? ai-je dit d'un ton furieux.

Voilà qu'après mon cousin et Flash-Fluo, Octave se mêlait de mes affaires.

— Il n'est pas correct, c'est tout.

— Si c'est tout, c'est bien vague... Qu'est-ce qu'il t'a fait?

— À moi? Rien. Mais j'en connais qui ont eu à se plaindre de lui.

— Si tu penses à John, il n'a que ce qu'il mérite! N'oublie pas qu'il a voulu te brouiller avec mon cousin. Lui non plus n'est pas très correct!

— C'est Jeremy qui t'a parlé de John? s'est exclamé Octave.

J'ai nié aussitôt:

— Jeremy ne m'a jamais parlé de John. Je n'aime pas ce gars-là, c'est tout. Il veut toujours semer la zizanie! Qu'est-ce que tu lui trouves?

— Je ne sais plus, Natasha, John a tellement changé depuis l'an dernier. J'ai plutôt envie de l'éviter. Ce n'est pas comme toi avec Jeremy! J'imagine que tu vas courir le rejoindre? Sache que tu n'es pas la première à tomber dans ses filets.

— Dans ses filets, ai-je rétorqué, il n'y a que des coquillages!

— Justement! a fait Octave. Justement!

Puis il a demandé un *piña colada* à un serveur et il s'est dirigé vers Pierre et Maia.

Je n'ai pas compris la moitié de ce qu'il a insinué, mais il a réussi, comme Flash-Fluo, à me troubler. Je devais questionner Jeremy et juger l'homme par moi-même.

Je l'ai retrouvé où je l'avais laissé, feuilletant le livre sur les coquillages, même si les lumières accrochées sous les palmiers n'éclairaient pas suffisamment pour qu'on puisse lire. J'en ai conclu qu'il voulait me montrer ainsi l'intérêt qu'il portait à mon cadeau.

Je me suis assise près de lui sans un mot et j'ai senti alors qu'il passait son bras autour de mon épaule:

— On est bien, non? a-t-il dit.

— Oui.

En fait, je n'étais pas si bien parce qu'il me tirait une mèche de cheveux sans le savoir, mais je n'osais pas bouger.

— Tu as mis du temps à revenir...

— Octave m'a retenue.

— Octave? Il t'intéresse?

— Mais non! Il voulait juste...

— Quoi?

— Me demander si j'aimais sa fête! ai-je menti.

— C'est réussi.

— Oui.

— Parce que tu es là, a-t-il murmuré à mon oreille. Je comprends qu'ils soient tous jaloux de moi.

— Justement, je voulais te prévenir: John ne t'aime pas.

— Comment le sais-tu?

— Avant-hier, il a dit à Antonio qu'il réglerait ton compte.

Jeremy a serré les dents, puis il a éclaté de rire:

— Il a dit ça parce que je l'ai battu au billard électrique dix fois de suite! Il veut prendre sa revanche! Mais il ne gagnera jamais, il est trop brusque!

— Ah! ai-je fait à moitié convaincue.

— Nous ne sommes pas là pour parler de John! m'a dit Jeremy en se penchant vers moi.

Il a pris ensuite mon visage entre ses

mains et m'a embrassée. Ses lèvres étaient si douces, si fermes! Jamais personne ne m'avait aussi bien embrassée! Ça paraissait que Jeremy était plus vieux et avait de l'expérience! Il y avait le bruit des vagues, les palmiers, la musique au loin et une belle lune argentée; c'était grisant! Et si romantique! Si romantique!

Chapitre 14

Les confidences

Jeremy a fini par se détacher de moi et m'a regardée longuement avant de me dire qu'il allait tout me raconter.

— Je n'en ai jamais parlé à qui que ce soit, m'a-t-il dit.

Je n'ai pas osé lui révéler que certaines personnes savaient qu'il était recherché par la police. J'aviserais après son récit.

Récit assez sordide: il s'agissait d'un banal et stupide cambriolage dans une boutique d'appareils audiovisuels. Jeremy avait dix-sept ans au moment de son forfait. Il avait voulu épater ses amis. Ça faisait maintenant un an qu'il avait commis ce vol et il s'inquiétait toujours d'être reconnu, car il y avait une caméra cachée dans le magasin. Il ne voulait pas aller en prison.

— J'ai passé toute ma vie entre quatre murs! Mon père est mort quand j'avais quatre ans et ma mère buvait. L'assistante

sociale a essayé de me placer dans une famille, mais ça n'a pas marché. J'ai été dans
des centres éducatifs. Puis en maison de
correction. Tu ne peux pas savoir ce que c'est
de n'avoir personne au monde qui t'aime!

Je trouvais son histoire un peu tirée par
les cheveux, mais il avait l'air sincère quand
il a continué:

— Je suis prêt à payer pour ce que j'ai
fait, mais je ne veux pas retourner en prison! C'est pourquoi je vis en Floride. Mais
j'aimerais rentrer à Montréal. Surtout si je
pense que je vais t'y retrouver... Tu comprends maintenant pourquoi je ne veux pas
que ces photos traînent partout? J'étais avec
un receleur quand tu m'as photographié.

— Tu as commis d'autres vols ici?

J'étais moins disposée à comprendre:
une erreur, ça va. Mais pas si c'était une
habitude...

— Non! Mais ce receleur était celui qui
m'avait acheté des appareils à Montréal. Il
voulait que je travaille pour lui. J'ai refusé.
Je préfère vendre mes coquillages.

J'ai fait un petit signe de tête pour le rassurer, puis je lui ai dit que mon père était
avocat, et que j'allais lui téléphoner à Montréal pour lui demander conseil. Jeremy

pourrait sûrement s'en tirer en faisant des travaux communautaires plutôt que de la prison.

— Papa connaît des tas de gens! Il t'aidera! Tu n'étais pas majeur quand tu as volé. Je ne dis pas que tu as eu raison de faire ça, mais je trouve que tu en exagères les conséquences.

— Oh, non! Écoute, changeons de sujet... Ce soir, c'est Noël!

— Bien sûr...

Pour le distraire, je lui ai promis de lui donner les photos le lendemain, quand j'ai entendu mon cousin qui criait:

— Nat! Nat! Nat!

Je me suis écartée de Jeremy qui a remis ses verres fumés.

— Ça fait une heure que je te cherche! a dit mon cousin. Qu'est-ce que tu fabriques?

Il m'énervait! Il n'est pourtant pas idiot!

— Devine...

Il a regardé Jeremy sans sourire, puis il a dit que j'étais mineure.

— Pierre! Tu es ridicule!

Jeremy m'a regardée avec étonnement:

— Je pensais que tu avais au moins dix-huit ans! Tu es tellement mûre!

C'était la première fois qu'on me faisait

un tel compliment et je me suis rapprochée de Jeremy comme pour le remercier. Il m'a tapoté l'épaule en me chuchotant à l'oreille qu'on pourrait se voir le lendemain.

— Attends-moi au pont... J'y serai à quinze heures. Avec ton cadeau.

Puis il s'est levé et a salué Pierre avec un sourire moqueur avant de retourner à l'hôtel.

J'ai pris mon sac et je me suis redressée sans accorder un regard à mon cousin qui tentait de se justifier:

— Il change de filles comme de chemises! Octave me l'a dit!

— Et toi? Maia est la première fille que tu fréquentes?

— Ce n'est pas pareil! Je n'aimais pas les autres!

— Lui non plus, ai-je prétendu avec plus d'assurance que je n'en avais. Tandis que moi, c'est différent!

Je parlais avec beaucoup de fermeté pour masquer mes doutes. Car même si les confidences de Jeremy étaient une marque d'estime, il ne me faisait pas confiance au point de me permettre d'appeler mon père pour tenter de l'aider. M'aimait-il vraiment? J'aurais aimé le croire parce que c'était très romantique, mais on se connaissait depuis si peu de temps...

La seule chose dont j'étais certaine c'est qu'il embrassait super bien!

Qu'il était beau. Que toutes les filles de l'école auraient été d'accord avec moi.

Mais qu'il était bizarre.

Comme Ralph.

— Tu sauras qu'il veut venir me voir à Montréal, ai-je affirmé à Pierre. Est-ce que ta Maia en fera autant? Elle est partie bien tôt ce soir! Peut-être qu'elle en a assez de toi?

C'était un coup bas, je le sais, mais j'avais envie de me venger de mon cousin et de ses sottes interventions.

Il ne m'a pas répondu. Nous avons marché en silence jusqu'à l'orchestre, où nous avons retrouvé Octave.

— Pierre! Il faut que tu joues! a-t-il dit. Tu l'avais promis!

— Je n'en ai plus envie, a bougonné mon cousin. Il y a des gens qui ont le don de vous démoraliser...

J'ai soupiré, puis j'ai dit tout bas à Pierre qu'on était stupides de gâcher une aussi belle soirée et que je m'excusais. Il n'avait pas le droit de décevoir Octave qui avait un piano à sa disposition pour une fois. Pierre m'a promis qu'il ne se mêlerait plus de mes affaires et, durcissant les lèvres, il a pincé fermement l'embouchure du saxophone.

Chaque fois que j'entends Pierre jouer, je suis transportée! Je le regarde gonfler son ventre comme une cornemuse et je m'étonne qu'il sache si habilement insuffler l'air et la pression nécessaires pour obtenir des notes graves ou aiguës. Et choisir entre toutes les clés aux touches de nacre les bonnes notes, les dièses ou les bémols.

J'ai essayé une fois de jouer du saxophone: un éléphant aurait barri avec plus d'élégance! C'était archifaux! Pierre m'a dit que ce résultat était normal: ça prend au moins un an avant de produire des sons justes. J'admirais d'autant plus mon cousin d'avoir eu la patience de persévérer.

Et je l'aimais beaucoup, pensais-je en l'écoutant ce soir-là sur la plage de l'hôtel Hollywood.

Nous sommes rentrés à cinq heures du matin. Même si j'étais fatiguée, j'ai mis du temps à m'endormir; je ne pouvais m'empêcher de repenser aux remarques d'Octave, de Flash-Fluo et de Pierre au sujet de Jeremy. Surtout de Pierre. Dans le passé, mon cousin m'avait toujours écoutée avec bienveillance raconter mes histoires d'amour. Pourquoi manifestait-il tant d'animosité envers Jeremy?

J'ai rêvé que Jeremy m'embrassait... C'était aussi fantastique que sur la plage, puis il finissait par m'étouffer parce qu'il ne me laissait pas respirer. Je me suis réveillée haletante et pas très reposée.

Ni rassurée.

Chapitre 15

Le rendez-vous

Je suis pourtant allée au rendez-vous fixé par Jeremy après avoir vu Flash-Fluo et pris les photos à la pharmacie. Elles étaient enfin prêtes! J'ai glissé les négatifs dans mon grand sac de plage après avoir regardé les photos. Revoir le bon visage de Dan m'a émue, et j'ai tenté de chasser mon chagrin en observant le pont du boulevard qui s'ouvrait et se refermait. C'était très amusant de voir les mâts des bateaux se faufiler entre les deux parties du pont redressées.

Chaque fois, les automobilistes refoulés de chaque côté du pont sortaient de leurs voitures pour admirer le spectacle: bien des petits enfants avaient envie de monter sur le pont pour s'élever aussi dans les airs!

C'était amusant, oui, mais pas durant une heure et quart! Je regrettais d'avoir refusé de suivre Octave à la plage où il allait étrenner son hydromoto. À ma grande surprise, Pierre ne l'avait pas accompagné, car Maia l'avait invité chez elle. Allait-elle le présenter à ses parents? C'était donc plus sérieux que je ne le pensais?

Je m'interrogeais à leur sujet quand j'ai reconnu la voix de Jeremy derrière moi, puis deux coups de klaxon. Jeremy conduisait une superbe Yamaha 1100! Entièrement équipée. Je trouve que les motos sont plus belles sans les valises de chaque côté, mais telle quelle, la Yam était super. Je me suis dit que je la prendrais en photo après avoir cette fois demandé l'autorisation à Jeremy.

J'ai trébuché trois fois avant d'enfourcher la moto, et Jeremy a dû croire que je n'avais jamais fait de moto...

Quand nous nous sommes arrêtés, j'ai reconnu l'endroit où j'avais vu des gens faire de la course en hydromoto. C'était plus calme ce jour-là, car c'était Noël, mais on entendait gronder au loin les moteurs de ces engins. Jeremy a garé la moto tout près du quai où les propriétaires attachaient leurs hydromotos. Il a retiré un sac d'une des valises et l'a jeté sur le quai.

Je le regardais sans trop savoir où il voulait en venir. Je lui ai demandé ce qui se passait.

— Je suis obligé de quitter Hallendale quelques jours... J'ai réservé une hydromoto et je voudrais que tu m'accompagnes jusqu'à un bateau ancré plus loin. Et que tu ramènes ensuite l'hydromoto au quai.

— Tu pars?

Il a soupiré, puis m'a dit qu'il ne serait pas absent longtemps. Il a sorti un polaroïd d'un des sacs et il m'a demandé s'il pouvait prendre une photo de moi pour la regarder en attendant de me retrouver. J'ai dit oui en pensant que j'aurais dû mettre mon maillot turquoise, puis je me suis installée devant le canal, près d'un buisson d'hibiscus.

— À propos de photos, tu as les miennes? a demandé Jeremy d'un ton décontracté tout en refermant son sac et en se dirigeant vers une des hydromotos.

— C'est à toi? ai-je dit en désignant l'appareil.

— As-tu les photos?

— Oui, tiens, ai-je fait en lui tendant l'enveloppe.

Il l'a prise promptement, a feuilleté le paquet d'images et en a retiré la sienne, qu'il a brûlée aussitôt avec son briquet. Puis il a farfouillé dans l'enveloppe en s'énervant de plus en plus.

Il m'a regardée d'un air si dur que j'en ai eu la chair de poule et il m'a jeté l'enveloppe au visage en me criant haineusement:

— Espèce de petite garce! Où sont les négatifs?

— Quoi?

— Les négatifs! Je n'ai pas de temps à perdre!

— Mais dans l'enveloppe! Ils y étaient tantôt! Je te le jure!

J'ai ouvert fébrilement l'enveloppe, mais il fallait se rendre à l'évidence: les négatifs s'étaient envolés!

— Mais... mais...

Jeremy m'a saisi brutalement les poignets et les a serrés si fort que j'ai hurlé.

— Tu peux crier! a-t-il dit. On ne peut pas t'entendre ici avec tous ces moteurs! Et les quelques amateurs d'hydromoto sont trop loin! Dis-moi où sont les négatifs? Pourquoi les as-tu gardés? Ils n'étaient pas dans ton sac!

Mon sac? Il avait donc renversé intentionnellement son verre sur ma robe de satin pour fouiller dans mon sac de plage en mon absence? Je me débattais, à la fois furieuse et désespérée. Jeremy me secouait maintenant comme un pommier, mais il ne récoltait aucun fruit: je ne savais pas quoi lui répondre. Lui dire que j'avais vraisemblablement égaré les négatifs en l'attendant? Il ne me croirait pas, c'était trop simple. C'était pourtant la vérité.

— Ne t'inquiète pas d'être reconnu! Les négatifs du film ne sont pas restés à la pharmacie: je les avais quand j'en suis sortie. Aucun employé ne verra ta photo. Je te répète que tu es un peu paranoïaque. Les gens qui développent les films n'ont sûrement pas le temps de les regarder!

— Tu as bien mis au point ton histoire...

— Calme-toi! Ton affaire de vol va s'arranger, je vais parler à papa! ai-je proposé une dernière fois, en espérant qu'il accepterait et que je m'étais trompée sur son compte.

Mais non, il a émis un petit rire méchant:

— Quand je pense que tu as cru cette fable!

— C'est faux?

— Évidemment! Tu me vois en minable petit délinquant alors que je pourrai bientôt m'offrir tout ce que je veux! Je voulais seulement être certain que tu me donnerais les négatifs. Le film n'était pas dans ton appareil, un copain s'en est assuré... Eh oui! On ne t'a pas volée par hasard. Mais sans résultat. Il fallait donc que je t'amène à me donner toi-même les photos. Et pour ça, je devais toucher ton petit coeur! Te raconter une triste histoire de pauvre orphelin. Tu as marché... mais pas assez! Je veux les négatifs!

Le salaud! Je l'aurais étripé!

Il était pourtant préférable que je ruse: je devais l'occuper jusqu'à ce que Flash-Fluo arrive. Mais avait-il pu nous suivre? On n'avait pas prévu que Jeremy aurait une moto.

Et si je réussissais à subtiliser les clés de l'hydromoto de Jeremy?... Je pourrais m'enfuir! Et rejoindre Octave sur le canal?

J'allais dire à Jeremy que je lui révélerais où étaient les négatifs à la condition qu'il me dise pourquoi il voulait détruire cette photo. Mais j'ai entendu des branches craquer derrière moi.

Flash-Fluo! Enfin!

— Va-t'en! m'a-t-il crié. Vite!

Je n'ai pas eu le temps de m'écarter de Jeremy que celui-ci tirait un revolver de sa veste de cuir et le pointait sur moi.

— Non, elle n'ira pas plus loin, a dit Jeremy.

— Laisse-la! Elle ne dira rien!

Malgré ma peur, j'ai bredouillé:

— Rien de quoi?

— Du trafic de crack! a dit Flash-Fluo. J'ai tout compris quand j'ai vu les photos, mais je devais être certain avant d'écrire mon papier. Excuse-moi, Natasha, j'aurais dû être prudent. J'ai cependant prévenu les policiers!

— Viens par ici! a fait Jeremy. Et dis-moi maintenant où sont les négatifs, sinon je te fais éclater la cervelle!

J'ai regardé Flash-Fluo qui m'a hurlé de donner les négatifs.

Il ignorait que je ne les avais plus! J'étais paralysée de terreur et je me répétais que c'était impossible que je meure pour de petits négatifs de rien du tout. Puis j'ai senti Jeremy s'approcher de moi. Non, il ne pouvait pas me tuer! Il voulait seulement me faire peur... Mais quand j'ai vu le canon du revolver briller au soleil à dix centimètres de ma tête, je me suis mise à trembler si fort que j'en ai échappé mon sac de plage:

— Grouille-toi, a dit Jeremy! Dis-moi où sont les négatifs!

— Dans... dans mon sac... ai-je bégayé.

Il a eu un petit rire de satisfaction:

— Donne-les-moi! Vite! Pas de folies, je te surveille!

Je me suis penchée lentement pour ramasser mon sac. Je le lui ai tendu tout aussi lentement. Et durant la fraction de seconde où il plongeait sa main dedans, je lui ai jeté une pleine poignée de sable au visage. Il a hurlé. A appuyé sur la détente du revolver. Le coup est parti dans les airs.

En se jetant sur Jeremy, Flash-Fluo a crié:

— Dépêche-toi!

Et les policiers, eux? Est-ce qu'ils se pressaient?

J'ai attrapé les clés que Jeremy avait laissées tomber sur le quai et j'ai enfourché l'hydromoto. J'ai bien regretté de n'en avoir jamais fait! J'ai dû m'y prendre par deux fois pour insérer la clé de contact! Où était donc l'accélérateur? Ah! Merde! Ça ressemblait à une motoneige, mais je ne me souvenais même plus comment ça fonctionnait tellement j'étais affolée.

J'entendais les grognements des deux gars qui se battaient! Je n'osais pas regarder; j'étais certaine que Flash-Fluo essayait de désarmer Jeremy. Et si une deuxième balle était tirée? Et touchait quelqu'un?

J'ai fini par démarrer. J'ai foncé droit devant, bien décidée à arrêter la première personne que je verrais.

Il y a un bon Dieu pour les imprudentes de mon espèce! Octave était là, tout près, extrêmement étonné de me voir surgir devant lui! J'ai coupé le moteur en lui faisant signe de m'imiter et lui ai dit ce qui se passait!

— Il faut y retourner tout de suite! Ils vont se tuer avant que les policiers soient arrivés!

— Les policiers?

— Flash-Fluo... enfin, Daniel Dubois... Il les a prévenus avant de me suivre. Je lui avais dit que je serais avec Jeremy.

— Il a parlé des policiers pour inquiéter Jeremy.

— Ce n'est pas vrai?

— Si c'était vrai, les policiers seraient déjà arrivés...

— Raison de plus pour nous dépêcher!

— Attends! Si on arrive comme ça, Jeremy abattra peut-être Daniel Dubois. S'il a eu le dessus dans la bagarre... Il vaut mieux ruser.

— Ruser?

— Je vais faire semblant d'être de son côté. Voici mon plan!

Je l'ai écouté avec attention; son idée était vraiment bonne, et je commençais à changer d'opinion sur lui. Ce n'était pas le fils à papa que j'avais imaginé. Je devais admettre qu'il était très ingénieux et que, dans l'état de nervosité où j'étais, je n'avais plus toutes mes facultés pour réfléchir. Heureusement qu'Octave gardait son sang-froid!

Chapitre 16

La ruse

Quand nous avons atteint le quai, Jeremy poussait Flash-Fluo devant lui en le menaçant de son arme. Octave a coupé les gaz.

— Maintenant, je veux les négatifs! Sinon, je le tue, a vociféré Jeremy.

Octave a éclaté de rire:

— Tu peux t'en débarrasser, ça nous fera une personne de moins à nous occuper.

— Quoi? ai-je crié aussi fort que prévu.

— Descends, pauvre imbécile! m'a ordonné Octave. Les mains en l'air! Tu vas rejoindre ton copain journaliste!

Jeremy a dévisagé Octave, cherchant à deviner ses intentions.

— Cette idiote m'a tout raconté, a dit Octave en souriant. Elle ne savait pas qu'une partie du trafic est secrètement gérée par mon père.

— Quoi?

— Allez, rejoins ton reporter... Les mains

en l'air, j'ai dit.

Je me suis dirigée vers Flash-Fluo même si j'avais peur qu'au moindre geste, Jeremy sursaute et tire, mais on n'avait pas le choix. Je gémissais, je suppliais Octave et Jeremy de nous épargner et je pleurais aussi fort que je le pouvais. Puis Octave est descendu à terre à son tour, est venu vers moi et a fait semblant de me gifler. Je me suis effondrée sur le sol en me lamentant pitoyablement.

— Bon, elle va se tenir tranquille maintenant! a dit Octave d'un ton arrogant.

— Eh! Ce n'est pas toi qui commandes ici, a fait Jeremy. C'est moi qui ai le revolver. N'oublie pas.

— Mais moi, j'ai mon père. Et son argent. Beaucoup d'argent.

— Et alors?

— Si tu avais perdu moins de temps avec cette gourde hier soir, mon père aurait pu te parler et te proposer un marché.

— Un marché?

Octave a souri:

— Je lui ai dit que tu avais mis au point une excellente méthode pour faire le trafic du crack. C'est un marché en pleine expansion, non? Mon père aime bien faire des bénéfices... Penses-tu qu'il est vraiment allé à la pêche avant-hier?

Jeremy écoutait les explications d'Octave avec un intérêt manifeste:

— Qu'est-ce qu'il veut me proposer?

— N'en parlons pas maintenant, a fait Octave. Il vaut mieux s'occuper d'eux...

— La fille a des négatifs de moi en train de payer un stock de crack. À mon boss...

— Plus maintenant, a dit Octave en riant. Quand cette petite conne m'a tout raconté, il y a cinq minutes, elle ne savait pas que j'étais aussi intéressé par la drogue... Et elle m'a remis bien gentiment les négatifs.

J'ai relevé la tête pour crier:

— Maudite crapule!

— Les veux-tu toujours? a demandé Octave en s'approchant de Jeremy.

Il a tiré d'une poche de son coupe-vent le pseudo-négatif fabriqué pour l'occasion: j'avais retiré la bande plastique des lunettes de soleil d'Octave. C'était de la même couleur qu'un négatif, à peu près de la même dimension, et mon ami ne l'a montré à Jeremy qu'une seconde.

Le temps qu'il tende la main pour le prendre. Et relâche légèrement Flash-Fluo. J'ai bondi aussitôt pour lui abaisser le bras.

Il a tiré au sol. Flash-Fluo et Octave se sont rués sur lui et, cette fois-ci, Jeremy n'a pas eu le dessus. Il a reçu plusieurs coups de poing et mangé bien du sable.

Et j'avoue que ça m'a fait très plaisir. Je déteste qu'on se moque de moi et je ne me suis pas gênée pour le lui dire! J'ai insulté Jeremy durant au moins cinq minutes. Puis, m'étant défoulée, je lui ai demandé pourquoi il m'avait emmenée au canal. Il aurait pu tout aussi bien reprendre ses négatifs et ses photos sur la plage, puisque j'avais promis de les lui remettre.

— Je ne pouvais pas demeurer plus longtemps sur la plage. C'est vrai que je dois partir! Ton maudit Dan Weiss en avait deviné plus que je ne le pensais. Et ce crétin de John s'est fait pincer ce matin en vendant! S'il parle...

— Ça ne changera pas grand-chose après nos témoignages, a dit Flash-Fluo.

— Attachons-le avec ces liens, a dit Octave. Pendant que tu vas chercher les policiers, nous allons le surveiller, Nat et moi.

Les policiers sont arrivés très rapidement, car des automobilistes qui se rendaient à la plage de *Lloyd's Park* avaient entendu les coups de feu. Flash-Fluo n'a eu qu'à les guider vers nous. Mais durant ces quelques minutes, j'ai observé attentivement Jeremy: il avait perdu toute son assurance et me suppliait de le laisser s'enfuir, jurant qu'il m'avait aimée réellement.

— Je suis idiote, mais il y a des limites! ai-je grogné.

— Mais non, tu n'es pas idiote, a fait Octave. Tu es merveilleuse.

Subitement, je le trouvais moins collant... Et ça ne m'a pas gênée du tout qu'il me prenne par le cou quand on a accompagné les policiers pour faire une déposition. J'ai téléphoné à mes grands-parents pour leur dire que j'étais avec Octave et qu'on reviendrait de la plage de *Lloyd's Park* afin de rejoindre Pierre à l'hôtel Hollywood. Puis j'ai raconté aux policiers tout ce que je préférais cacher à mes grands-parents. Je n'aime pas mentir, je le répète, mais à quoi bon les apeurer, puisque tout se terminait bien?

Octave a tout traduit pour moi, même si Flash-Fluo s'était offert, selon sa bonne habitude... Je l'ai remercié en souriant.

J'ai ensuite appris que Jeremy vendait du crack en échangeant des coquillages; certains contenaient les cristaux blancs, d'autres, l'argent que valaient ces derniers. C'est pourquoi je voyais toujours de gros coquillages! C'étaient les mêmes qui revenaient dans la collection de Jeremy, une fois vidés de leur précieux contenu. Il avait pu trafiquer ainsi sur la plage au vu et au su de tout le monde durant un long moment. Jusqu'à ce que Dan enquête.

Dan avait appris par le jeune qu'il avait sauvé de la noyade que Jeremy lui avait vendu du crack. Il lui achetait ses doses ainsi qu'à John. Le garçon avait parlé de Dan aux deux vendeurs de crack. Jeremy avait prévenu leur grand patron. Celui-ci avait fait jeter Dan à la mer par un tueur à gages.

J'avais donc eu raison de me méfier (un peu tard) de Jeremy et de prévenir Flash-Fluo... C'était pourtant dommage. Jeremy embrassait hyper bien, mais c'est tout ce qu'il faisait de bon dans la vie!

J'étais encore en colère quand nous sommes rentrés à l'hôtel où nous attendaient Maia et Pierre. Ils étaient terriblement inquiets, car, en revenant de chez ses parents, Maia avait décidé de révéler tout ce qu'elle savait à mon cousin.

Elle lui avait dit que John et Jeremy faisaient du trafic. Qu'ils voulaient qu'on prenne du crack. Qu'on soit vite dépendants et qu'on accepte alors de ramener de la drogue à Montréal pour payer nos doses. Au début, elle avait marché dans leur combine quand Jeremy l'avait payée pour influencer Pierre.

Elle en avait assez de vivre misérablement avec sa famille. Mais elle avait été trop émue par la gentillesse de Pierre (la chanson qu'il avait composée pour elle l'avait bouleversée) pour lui taire plus longtemps la vérité. Elle voulait qu'il comprenne ses motifs et l'avait emmené chez elle. Il avait vu dans quelles conditions elle vivait avec toute sa famille. Il avait compris quelle était l'existence de bien des réfugiés, des immigrants, et il lui avait pardonné.

Tandis que je narrais notre aventure, mon cousin n'arrêtait pas de répéter que j'aurais pu me faire tuer. Moi, je me sentais mieux, soulagée. Et j'avais faim.

Au moment où j'allais demander à Octave si on ne pouvait pas grignoter quelque chose, on a sonné à la porte de la chambre. Un serveur est entré en poussant devant lui un chariot. Il y avait du homard.

Et de la poutine...

— J'aime bien les filles qui ont de l'appétit, a dit Octave en me faisant un clin d'oeil.

— J'aime bien les garçons qui aiment ce genre de filles, ai-je murmuré en rougissant.

J'ai pensé que j'allais passer une très bonne fin de vacances...

Table des matières

112∩95

Achevé d'imprimer
sur les presses de Litho Acme Inc.
2e trimestre 1991